Marijo Sertic

DIE ENTFERNUNG DER NÄHE

Marijo Sertic

DIE ENTFERNUNG

DER NÄHE

ROMAN

Bibliografische Information der Deutschen Nationalbiblio-
thek: Die Deutsche Nationalbibliothek verzeichnet diese
Publikation in der Deutschen Nationalbibliografie; detail-
lierte bibliografische Daten sind im Internet über
http://dnb.dnb.de abrufbar.

3. Auflage

Verlag: BoD · Books on Demand GmbH, In de Tarpen 42,
22848 Norderstedt, bod@bod.de

Druck: Libri Plureos GmbH, Friedensallee 273, 22763
Hamburg

Coverfoto von Kristaps Ungurs auf unsplash.com

ISBN: 978-3-7693-5304-4

Für Kathrin

1

Sophie lag in ihrem Bett, die Augen weit geöffnet, den Blick starr auf die tanzenden Schatten der Bäume gerichtet, die der Mond an die Decke warf. Ihr Körper fühlte sich schwer an, als hätte die Schlaflosigkeit sich in ihren Knochen eingenistet. Das leise Ticken der nostalgischen Wanduhr zählte die Sekunden in einem unerbittlichen Rhythmus, der die Stille der Nacht durchbrach und die Unruhe in ihrem Inneren noch verstärkte. Jedes Ticken schien eine Erinnerung an die Zeit zu sein, die unaufhaltsam voranschritt, während ihre Gedanken wie Blätter im Wind umherwirbelten, ohne festen Halt.

Sie setzte sich auf und strich sich durch das zerzauste Haar, atmete tief ein. Der Geruch von Papier und Tinte, der von ihrem Schreibtisch herüberwehte, mischte sich mit dem Duft des Sommerabends, der durch das geöffnete Fenster hereinströmte. Die kühle Brise auf ihrer Haut brachte keine Erleichterung; sie zog die Decke enger um sich, als könnte sie sich so vor der Gedankenleere schützen. In eine Decke gehüllt, zog sie den Stoff eng um ihre Schultern, während ihre Schritte leise über den Holzboden hallten. Sie erreichte den Schreibtisch, ließ sich langsam in den Stuhl sinken und spürte, wie die Kühle des Leders unter der warmen Hülle der Decke auf ihre Haut traf.

Das weiße Blatt Papier auf ihrem Schreibtisch lag da wie ein stummer Vorwurf, die Ecken leicht abgerundet von den vielen Berührungen. Die Tasten ihrer Tastatur warteten still und geduldig, doch der vertraute Klang des Tippens blieb aus. Ihre Finger ruhten auf den Tasten, spürten ihre Glätte, aber die Worte blieben in ihrem Kopf gefangen, unerreichbar und stumm. Schließlich stand sie auf und ging zum Fenster, lehnte sich hinaus und lauschte dem sanften Rauschen der Blätter im Wind. Es klang, als flüsterten sie Geschichten, die sie nicht greifen konnte.

Die Nacht war erfüllt von den leisen Geräuschen der Natur, doch in ihrem Kopf herrschte eine beklemmende Stille. Der Geschmack von frischer Luft lag auf ihren Lippen, aber sie fühlte sich, als würde sie ersticken an der Leere ihrer Gedanken. Die Welt draußen schien weit weg, ein ferner Ort, den sie nicht erreichen konnte. Sie dachte an die Zeit, als das Schreiben leicht von der Hand ging, als die Worte nur so aus ihr herausflossen. Doch jetzt fühlte sie sich wie ein hohles Gefäß, ausgebrannt und verloren. Sie schloss die Augen und ließ die Nacht sie umhüllen, in der Hoffnung, dass die Dunkelheit ihre Gedanken klären und die Inspiration zurückbringen würde. Doch selbst in der Dunkelheit blieb alles still. So blieb sie noch eine Weile am Fenster stehen, das leise Rauschen des Windes umspielte ihre Sinne wie ein vergessener Traum. Schließlich wandte sie sich ab und ging langsam zurück zu ihrem Bett, die Schritte hallten leise auf dem alten Holzboden wider.

Der Mond tauchte das Zimmer in ein schummriges Licht, das die Konturen der Möbel aus dunklem Holz, die von der Zeit gezeichnet waren und dessen Oberfläche von unzähligen kleinen Kratzern durchzogen war, verwischte. Sie ließ sich auf das Bett sinken und starrte wieder an die Decke, wo die Schatten der Blätter ein flüchtiges Muster bildeten. Die Schlaflosigkeit war wie eine alte Bekannte, die sich in ihrem Geist eingenistet hatte und sie nicht losließ. Sie schloss die Augen und versuchte, sich an einen Ort zu denken, an dem sie Ruhe finden könnte, doch die Leere in ihrem Kopf blieb bestehen.

Plötzlich fiel ihr Blick auf eine kleine Schachtel, die halb unter dem Bett hervorschaute. Sophie hatte sie schon lange nicht mehr beachtet, aber etwas in ihr zog sie jetzt magisch an. Beherzt griff sie nach der Schachtel und öffnete sie vorsichtig. Darin fand sie alte Briefe und Fotos, Erinnerungen an eine vergangene Zeit, als das Schreiben noch schwerelos war und die Inspiration sie ständig begleitete. Ein Foto stach ihr besonders ins Auge: Es zeigte einen alten See, umgeben von hohen Bäumen. Ein zweites zeigte ihre Mutter, wie sie einen Handstand machte und ein drittes, wie sie einfach nur am Ufer saß und auf den See starrte.

Ein Lächeln huschte über ihr Gesicht, als sie sich an diesen Ort erinnerte. Sie hatte ihn als Kind mit ihrer Mutter oft besucht und dort glückliche Stunden verbracht. Trauer und Wehmut überfluteten sie, während sie an ihre Mutter dachte, die sie seit vielen Jahren nicht mehr gesehen hatte, wie Wellen, die unaufhaltsam an die Küste branden und die Stille der Nacht durchdringen.

Der Gedanke daran, wieder dorthin zurückzukehren, brachte eine unerwartete Wärme in ihr Herz. Entschlossen stand sie auf, zog eine Reisetasche unter dem Bett hervor und begann, einige Sachen zu packen. Von plötzlicher Eile getrieben, stopfte sie nur das Nötigste in die Tasche, ihre alten Manuskripte und einen kleinen Koffer voller Erinnerungen.

Als der Morgen dämmerte und der Zug sich durch die Nebel der ländlichen Gebiete schlängelte, spürte sie eine seltsame Erleichterung. Die Welt draußen schien in einem zeitlosen Zustand zu verharren, als ob die Natur selbst beschlossen hätte, ihr eine Atempause zu gewähren. Die Hügel, die sich harmonisch in die Ferne erstreckten, wirkten wie eine Einladung, sich dem Fluss des Lebens erneut hinzugeben, aber diesmal in einem ruhigeren Tempo.

Sophie wusste, dass sie einen Tapetenwechsel brauchte, einen Ort, der weit weg von der Hektik der Stadt war und ihr die Ruhe bringen konnte, nach der sie sich so sehr sehnte.

Obwohl die Geräuschkulisse der Stadt nicht mehr von Fahrzeugen mit Verbrennungsmotoren beherrscht wurde, hatte der unaufhörliche Strom von Menschen sie dennoch rastlos und erschöpft gemacht. Die Reise mit dem Zug führte sie durch grüne Landschaften und kleine Ortschaften. Während sie aus dem Fenster blickte, erinnerten die schnell entfliehenden Bilder sie an ihre Mutter und die schönen Zeiten, die sie miteinander verbracht hatten. Ihr Zug verlangsamte seine Geschwindigkeit, und die Gedanken an die Mutter lösten sich wie Nebel im Morgenlicht auf. Gegen Mittag erreichte sie ein kleines Dorf.

Der Ort schien in einer eigenartigen Zeitlosigkeit zu verweilen. Schritt für Schritt setzte sie ihren Weg zu Fuß fort, eingehüllt in das Flüstern des Windes und leisen Geräusche, die nur sie zu hören schien.

Nach eineinhalb Stunden erblickte sie den See. Ein Gefühl der Befreiung und Freude stieg in ihr auf, eine unsichtbare Last, die von ihren Schultern glitt. Das Wasser spiegelte den Himmel wider, und das leise Plätschern der Wellen klang wie ein längst vergessenes Lied, das tief in ihrem Inneren widerhallte.

Sie ließ sich vor Müdigkeit und Erleichterung unter einem Baum nieder und lauschte ihren Gedanken. Da war nichts. Nur die Leere, die sie umfing, wie ein alter Freund, der schon lange nicht mehr zu Besuch gewesen war. Sie spürte, dass sie hier richtig war. Es war ein Gefühl, das sich leise in ihr ausbreitete, als ob der Ort sie mit einer unsichtbaren, wohlwollenden Hand umarmte.

Überwältigt von den Eindrücken, schlief sie unter dem Baum ein. Als sie wieder erwachte, fühlte sie sich voller Energie und Tatendrang, als ob der Schlaf sie mit neuer Kraft erfüllt hätte. Entschlossen raffte sie sich auf, die Gegend, um den See zu erkunden, angezogen von einem unbestimmten, aber unwiderstehlichen Drang nach Entdeckung.

Sie ging weiter um den See herum, durch den dichten Wald, immer darauf bedacht, das Wasser im Blick zu behalten. Links neben dem Hauptpfad, in Richtung See, öffnete sich ein schmaler, kaum erkennbarer Weg, der fast vollständig von wilden Pflanzen überwuchert war. Ohne sich um die Verletzungen durch das teilweise dornige Gewächs zu kümmern, trat sie mit ihren Sandalen fest auf den Weg.

Als sie ein verlassenes Haus entdeckte, hielt sie inne und betrachtete es zunächst aus der Ferne. Ihre Schritte waren vorsichtig, doch ihre Augen leuchteten, als sie um das verlassene Holzhaus schlich. Grüne Ranken umklammerten die verwitterten Holzbalken, und sie streckte die Hand aus, um das raue Holz unter den dichten Blättern zu fühlen. Sie beugte sich vor, um durch die zerbrochenen Fenster zu spähen, ihr Atem stockte in Erwartung dessen, was sie entdecken könnte. Staubpartikel tanzten im Licht der Sonnenstrahlen. Der Geruch von feuchter Erde und verwittertem Holz stieg in ihre Nase, vermischte sich mit dem frischen, grünen Bukett der Bäume. Sie atmete tief ein, fühlte die kühle Feuchtigkeit des Bodens und das erdige Aroma, das von den morschen Balken ausging, während der Duft von Tannennadeln und wildem Moos in der Luft hing. Es war, als ob die Vergangenheit und die Gegenwart in dem Wind tanzten, ein flüchtiger Moment, eingefangen zwischen den Bäumen und dem alten Haus. Sie öffnete die Tür und trat ein, ihre Finger strichen langsam über die raue Textur der Holzwände, während sie den warmen Geruch von altem Holz und aufgewirbeltem Staub in ihre Lungen sog, ein Aroma, das gleichzeitig beruhigend und melancholisch wirkte. Der Holzboden knirschte unter ihren Schritten, ein leises, vertrautes Echo vergangener Zeiten. Raum um Raum durchquerte sie, bis sie vor einer Treppe aus dunklem Holz zum Stehen kam, die sich in eine geheimnisvolle Stille hinaufschwang.

Sie setzte den Fuß auf die knirschende Holztreppe, die nach oben führte und lauschte den leisen Geheimnissen, die jede Stufe ihr zuflüsterte. Schritt für Schritt näherte sie sich dem Dachboden, einem Raum, der in tiefen Frieden gehüllt war. Oben angekommen, drang der schwache Lichtschein der Morgensonne durch die Lücken in der Dachkonstruktion und tauchte den Raum in ein gedämpftes, staubiges Licht. In einer dunklen Ecke erblickte sie eine Kiste, dick mit Staub bedeckt, *die lange unberührt auf sie zu warten schien. Mit vorsichtiger Neugierde öffnete sie den Deckel und enthüllte ein altes, in Leder gebundenes Manuskript. Eine zarte, von Hand gestickte Blume zierte das kastanienbraune Leder. Es fühlte sich unter ihren Fingern glatt und geschmeidig an und die leicht vergilbten Seiten knisterten, als sie das Buch aufschlug. Sie ließ sich langsam auf den Boden nieder, lehnte sich an die kühle Wand, das Manuskript fest in ihren Händen. Während sie die erste Seite aufschlug, umhüllte sie die Stille des Dachbodens. Ihre Augen wurden von den Zeilen, die sie entdeckten, unweigerlich in eine neue Welt gezogen, jede Seite eine neue Offenbarung.*

Die Worte verflossen vor ihren Augen und weckten eine lang vergessene Leidenschaft tief in ihrem Inneren. Mit jedem Satz tauchte sie tiefer ein, die Geschichte nahm Gestalt an und sie spürte die vertraute Wärme einer Liebesgeschichte, die sich zwischen den Buchstaben entfaltete. Es war, als würde die Vergangenheit durch die Seiten hindurch zu ihr sprechen, sie in eine Welt voller Sehnsucht und verlorener Träume ziehen.

2

Mario rückte das kleine rote Sofa in der hintersten Ecke des Cafés hin und her. Es war leicht und ließ sich ohne Mühe bewegen, aber er fand keinen Platz, der sich wirklich richtig anfühlte. Es war mehr eine unbewusste Handlung, ein Versuch, die Ruhe im Raum mit seinen eigenen Gedanken in Einklang zu bringen.

Während er sich auf das Sofa setzte, bemerkte er eine Bewegung am Fenster. An der Jalousie hatte sich ein schmaler Spalt geöffnet, und ein Streifen Morgenlicht fiel quer durch den Raum. Seine Augen wanderten instinktiv zu der Stelle, wo das Licht hereindrang, und er sah sie. Eine Frau draußen vor dem Fenster, ihre Finger schoben die Lamellen leicht auseinander, und ihre Augen suchten den Raum ab. Einen Moment lang schien ihr Blick an ihm hängen zu bleiben, oder vielleicht an dem Sofa.

Es war ein flüchtiger Moment, aber er spürte, dass sie ihn wahrgenommen hatte. Neugierig beobachtete er, wie sie sich Richtung Eingangstür bewegte. Ihre Schritte waren leicht und beschwingt, und doch hatten sie eine Zielstrebigkeit, als folgten sie einer unsichtbaren Kraft.

Die letzten Stufen überwindend, legte sie ihre Hand auf die Tür, die sich mühelos öffnete, als wäre sie seit Ewigkeiten darauf vorbereitet.

Als sie hereinkam, schien der Raum heller zu werden, als ob sie etwas von dem Morgenlicht mitgebracht hätte. Er saß still und beobachtete, wie sie langsam den Raum betrat, ihre Bewegungen ruhig und bedacht, aber mit einer natürlichen Eleganz, die seine Aufmerksamkeit fesselte. Irgendetwas an ihrer Anwesenheit ließ ihn innehalten, als ob sich in diesem Moment etwas Unausweichliches entfalten würde.

Ihre Schuhe schienen schon viele Abenteuer erlebt zu haben, ihre Jeans sahen aus, als wären sie ein Lieblingsstück und die graue Winterjacke, die sie eng umschlungen hielt, wippte im Takt ihrer Schritte. Ihre kurzen, dunklen Haare waren sorgfältig zur Seite gekämmt. Jeder Strang schien seinen Platz in einem unsichtbaren Muster zu finden, das ihre Anmut und Eleganz unterstrich. In der dezenten Beleuchtung des Cafés wirkte sie wie eine Figur aus einem alten Gemälde, zeitlos und doch lebendig. Er beobachtete sie, wie sie sich bewegte, ruhig und bedacht. Es war, als ob jede ihrer Gesten eine Geschichte erzählte, eine Geschichte von Stärke und Zartheit, von Geheimnissen und Offenbarungen.

Sie bestellte einen Kaffee und fand einen Platz nicht weit von ihm. Die Minuten vergingen, während er sie verstohlen beobachtete. Sie holte ein Buch aus ihrer Tasche und schien in ihre Lektüre schnell einzutauchen. Doch dann legte sie das Buch beiseite, sah auf und ihre Blicke trafen sich. Ein flüchtiges Lächeln spielte um ihre

Lippen, als wäre ihr plötzlich bewusst geworden, dass sie beobachtet wurde.

»Ist das Buch gut?«, fragte er, die Stille durchbrechend und nach einer Brücke suchend.

»Es ist faszinierend«, antwortete sie.

»Es öffnet eine ganz neue Perspektive. Möchten Sie vielleicht einen Blick hineinwerfen?«, fragte sie.

Sie hielt ihm das Buch hinüber. Ihr Tonfall war einladend und er spürte eine seltsame Mischung aus Nervosität und Vorfreude.

Er nahm das Buch, seine Finger streiften kurz die ihren.

»*Die Eleganz des Igels, Muriel Barbery*«, las er vor sich hin.

»Vielleicht könnten Sie mir später Ihre Gedanken dazu erzählen?«, fragte er erwartungsvoll.

Sie nickte, ein Lächeln breitete sich aus.

»Das würde ich gerne tun. Vielleicht bei einem zweiten Kaffee?«

»Wenn Sie möchten, können Sie neben mir auf dem gemütlichen Sofa Platz nehmen!?«, sagte er einladend.

Sie erhob sich lächelnd und setzte sich neben ihn.

»Elisa«, stellte sie sich mit einem breiten Lächeln vor.

»Mario«, entgegnete er mit strahlenden Lippen.

»Dieses Sofa hat eine besondere Geschichte«, fing er an zu erzählen.

»Erzähl mir mehr«, sagte sie, ihre Neugierde geweckt.

Sie ließ sich auf das Sofa sinken, die Hände auf den weichen samtigen Stoff gelegt.

»Es gehörte einst einem alten Freund von mir«, begann

er.

»Er sagte immer, dass es ein magisches Sofa sei – jeder, der darauf saß, würde eine besondere Begegnung erleben.«

»Eine besondere Begegnung?«, wiederholte sie leise fragend.

»Und was ist deine Geschichte mit diesem Sofa?« Mario lächelte und setzte sich ihr gegenüber.

»Meine Geschichte ist noch im Entstehen begriffen. Aber vielleicht, nur vielleicht, beginnt sie heute.«

Das Gespräch begann zögerlich, entwickelte sich aber schnell zu einem lebhaften Austausch über ihre Lieblingsbücher, Filme und die unerwarteten Wendungen des Lebens. Als der Kaffee zu Ende ging, war es, als hätten sie eine unsichtbare Schwelle überschritten, von Fremden zu etwas Vertrautem, ein Versprechen von weiteren Begegnungen, die noch vor ihnen lagen.

Ihre Blicke trafen sich erneut und für einen Moment war der Duft des Kaffees nur eine ferne Melodie, während die unausgesprochenen Worte zwischen ihnen wie ein Hauch in der Luft schwebten. Er schaute ihr in die Augen und sie lächelte, als der Kellner zwei Tassen Kaffee, deren heiße, aromatische Wellen noch intensiver seine Sinne umhüllten, vor ihnen abstellte.

Die Stille zwischen den beiden war nicht unangenehm, sondern beruhigend, wie ein bekanntes Lied, das im Hintergrund spielte. Die Welt draußen schien weit entfernt und für einen Moment existierten nur dieses kleine Café, dieser Tisch, er und sie. Seine Augen funkelten, als er über eine Anekdote aus seiner Kindheit sprach und Elisa konnte nicht anders, als zu lächeln. Die Wärme des Kaffees, die Lebendigkeit seiner Stimme und die vertraute Atmosphäre schufen einen Augenblick der Harmonie, in dem alles genau richtig zu sein schien.

»Was machst du normalerweise an einem Sonntagmorgen?«, fragte Mario und lehnte sich leicht zurück, seine Augen ruhten aufmerksam auf ihr.

»Normalerweise? Nichts Besonderes«, antwortete sie nachdenklich.

»Ich arbeite für ein Reiseunternehmen und versuche mich als Schriftstellerin.«

»Als Schriftstellerin?«, fragte er neugierig.

»Ich würde auch gerne etwas schreiben, aber ich denke, mir fehlt das Talent dafür«, stellte er wehmütig fest.

»Hast du einen Lieblingsautor?«, fragte er.

»Es gibt viele gute Autoren, aber einen hervorzuheben, würde ich mir nicht anmaßen.«

»Vielleicht werde ich eines Tages meine Lieblingsautorin finden«, sagte er mit einem Hauch Doppeldeutigkeit.

Elisa legte ihre Tasse behutsam auf den Untersetzer, ein zarter Klang, der kurz in der Stille widerhallte. Sie strich eine lose Haarsträhne hinters Ohr und schaute Mario direkt in die Augen, als ob sie versuchte, in die Tiefe seiner Gedanken zu blicken. Ein sanftes Lächeln spielte um ihre Lippen, das einen Hauch von Neugier und Zurückhaltung in sich trug.

»Und was treibst du so, wenn du nicht gerade im Café bist?«, fragte sie, ihre Stimme leise und doch von einer unerklärlichen Präsenz erfüllt.

Es war eine Frage, die nicht nur eine Antwort suchte, sondern scheinbar einen verborgenen Teil seines Lebens berühren wollte, einen Teil, der sich jenseits der alltäglichen Begegnungen verbarg.

Marios Blick wanderte kurz zur Fensterscheibe, wo das Tageslicht spielerisch tanzte, bevor er zurück zu Elisa fand.

Er spürte, dass diese Frage mehr war als nur eine beiläufige Konversation, sie war eine Einladung, sich zu öffnen und die unsichtbaren Fäden seines Lebens mit ihren zu verweben.

»Ich arbeite als Therapeut«, begann Mario, während er den letzten Schluck seines Kaffees genüsslich auskostete.

Seine Stimme klang ruhig, fast nachdenklich, als er die Tasse wieder auf den Tisch stellte.

»Aber der Job erfüllt mich nicht mehr«, ergänzte er.

Elisas Augen ruhten auf ihm, aufmerksam und verständnisvoll, während sie auf seine nächsten Worte wartete.

»Ich überlege, etwas anderes zu machen«, fuhr er fort, ein Hauch von Unsicherheit schlich sich in seine Stimme.

»Ich schreibe auch gerne. Aber es sind nur kleine Liebesgeschichten«, fügte er hinzu. Die Reflexionen der Lichter auf dem Glas schienen in seinen Gedanken zu tanzen, während er sich an die stillen Stunden erinnerte, die er mit dem Schreiben verbracht hatte.

»Diese Geschichten...« Er hielt inne, suchte nach den richtigen Worten. »Sie sind wie kleine Fragmente meiner

Seele, verstreut auf Papier. Sie sind nicht viel, aber sie sind ein Teil von mir.«

Elisa lächelte, ihre Augen funkelten im schummrigen Licht des Cafés.

»Manchmal sind es gerade die kleinen Geschichten, die die größten Wahrheiten enthalten«, sagte sie.

In diesem Moment schien das Café eine Oase der Ruhe zu sein, ein Zufluchtsort, wo Gedanken und Gefühle ungehindert fließen konnten.

Mario sah sie eine Weile schweigend an, dann sagte er leise: »Vielleicht ist es kein Zufall, dass wir uns heute getroffen haben. So wie in einer Geschichte – zwei Fremde, die durch eine unsichtbare Verbindung zusammengeführt werden.«

Elisa lachte.

»Möglicherweise sind wir tatsächlich Charaktere in einer Geschichte. Das würde vieles erklären«, ergänzte sie.

»Darf ich dich noch auf einen Spaziergang einladen?«, fragte er sie, seine Stimme getragen von einer hoffnungsvollen Note, gefüllt mit Spannung eines möglichen neuen Anfangs.

Seine Augen suchten die ihren, als ob er versuchte, ihre Antwort zu erahnen, bevor sie sie aussprach.

»Ja, sehr gerne«, sagte sie voller Zustimmung.

Ein leises Lächeln zeichnete sich auf ihrem Gesicht ab, während ein Ausdruck der Erleichterung und Freude über seine Züge huschte. Ihre Antwort schien das diffuse Licht des Cafés für einen Moment heller zu machen und mit ihrer Zustimmung schien auch die Umgebung etwas von ihrer Spannung zu verlieren.

Draußen empfing sie eine ungewöhnlich warme Dezembersonne. Ihre Schritte synchronisierten sich, eine stille Symphonie, die das Geräusch seiner und ihrer Schuhe auf dem Pflaster erzeugte. Es war, als ob seine und ihre Seele in einem unsichtbaren Takt vereint wären, ein Tanz, der schon lange vor diesem Moment begonnen hatte. Ab und zu streifte er ihre Hände, ein flüchtiges Kitzeln, das durch seinen Körper lief und in ihr ein leises Lächeln hervorrief. Die Welt um ihn herum verblasste, als er mit Elisa zum Flussufer ging, wo das Wasser in der Morgensonne funkelte und die sanfte Brise Geschichten von fernen Orten erzählte. Während er mit ihr spazierte, verlor er sich in dem Gedanken an ihre Lippen. Sie erinnerten an die Wellen eines ruhigen Sees. Sie waren voll und formten das schönste Lächeln, das er je gesehen hatte.

Die vertraute Stille ihres Spaziergangs wurde plötzlich von Elisas Stimme durchbrochen, als sie fragte:

»Woran denkst du gerade?«

Mario hielt einen Moment inne, seine Gedanken wie die sanften Wellen des Flusses, die sich in unendlichen Mustern bewegten. Er konnte den leisen Wind spüren, der durch die Bäume raschelte, als ob die Natur selbst auf ihre Antwort wartete. »Ich denke an die Zeit«, sagte er schließlich, seine Stimme ruhig und nachdenklich.

»Wie sie uns führt, uns verbindet und uns in solchen Momenten festhält. Ich denke an die flüchtigen Augenblicke, die wie Träume erscheinen und doch realer sind als alles andere.«

Elisa lächelte, ihre Augen spiegelten das sanfte Licht des Morgens wider.

»Es ist seltsam, wie die Zeit in solchen Momenten stillzustehen scheint«, murmelte sie.

Mario nickte, ihre Worte resonierten tief in ihm.

»Ja, genau so fühlt es sich an, als ob wir einen geheimen Raum betreten hätten. Einen Raum, der aus unseren Gedanken und Gefühlen geformt ist.«

Er ging weiter, seine Schritte leicht und synchron mit ihren, während der Fluss ruhig dahinfloss. Die Welt schien in diesen Momenten kleiner und zugleich unendlich groß, als ob sie alle Zeit der Welt hätten, um einfach nur zu sein.

Er verriet ihr nicht seine wahren Gedanken. Stattdessen ließ er sich von der flüchtigen Stille umhüllen. Seine Gedanken wanderten zurück zu dem Moment im Café, als sie die Tasse mit dem duftenden Kaffee in ihren Händen hielt. Ihre Hände schienen ihm weich und voller Tastsinn. Sie waren wie Kunstwerke, filigran und präzise geformt. Es war nicht nur die äußere Form ihrer Hände, die ihn fesselte, sondern auch die stille Anmut, die in ihren Bewegungen lag, die subtile Sprache, die sie ohne Worte sprach. Er beobachtete, wie sie die Tasse an ihre Lippen führte, und diese Erinnerung hatte sich in sein Gedächtnis gebrannt. Ihre Lippen, die sich beim Trinken leicht kräuselten, als ob sie dem heißen Getränk einen stummen Kuss gaben. Diese Lippen, die für ihn eine unergründliche Anziehungskraft besaßen, erzählten Geschichten von zarter Wärme und stiller Leidenschaft. Sie waren ein Tor zu einer Welt, die er nur zu gerne erkunden wollte, eine Welt, die in jedem Lächeln, jedem Wort und jedem Moment aufblühte. Während er mit ihr weiterging, ließ er seine Gedanken schweifen, ihre Präsenz und die Worte, die er nicht aussprach, erfüllten den Raum zwischen ihnen. Er wusste, dass es Zeiten gab, in denen Worte unnötig waren, in denen das Ungesagte mehr Bedeutung hatte als das Gesagte. Ihre Hände, ihre Lippen – sie waren Fragmente eines größeren Bildes, eines Mosaiks, das sich langsam in seinem Herzen zusammensetzte.

Er ließ die Erinnerung an ihre Hände und Lippen in sich nachklingen, während sie weitergingen, seine Schritte synchron mit ihren und die Welt um ihn herum ein kristallenes Echo der unausgesprochenen Gedanken.

Plötzlich vibrierte Marios Handy in seiner Hosentasche. Das mechanische Summen riss ihn aus seinen Gedanken, wie ein unerwarteter Windstoß, der die Oberfläche eines stillen Sees kräuselt. Er holte das Gerät heraus und warf einen Blick aufs Display.

Elisa beobachtete ihn aus den Augenwinkeln und sah, wie sich seine zuvor zufriedene und friedvolle Mimik veränderte. Eine Welle von Unruhe durchlief seine Gesichtszüge und ein Hauch von Geheimnis legte sich über seine Augen. Für einen Moment schien die Zeit stillzustehen, die Umgebung verblasste und nur das leise Summen des Handys blieb in der Luft hängen. Marios Finger zögerten, bevor sie den Bildschirm berührten, als ob er sich auf eine ungewisse Reise vorbereitete. Er konnte die Spannung spüren, die sich wie eine unsichtbare Kluft zwischen ihnen auftat. Sie machte eine Mimik, als ob sie sich fragte, welche Worte oder Bilder auf dem kleinen Bildschirm erschienen waren.

Doch sie sagte nichts, als ob sie wüsste, dass es Momente gab, die besser unberührt blieben, Geheimnisse, die ihre eigene Zeit und ihren eigenen Raum benötigten, um sich zu offenbaren.

Er steckte das Gerät wieder in die Tasche, ohne ein Wort zu sagen. Die Bewegung war ruhig und kontrolliert. Es war, als ob das Handy, nun wieder versteckt, eine unsichtbare Grenze zwischen ihnen gezogen hätte.

Mario sah auf den Fluss hinaus, sein Blick verlor sich in den Wellen, die im Morgenlicht glitzerten. Das Lichtspiel auf dem Wasser warf tanzende Muster auf sein Gesicht, die ihn daran erinnerten, wie vergänglich und ungreifbar die inneren Welten eines Menschen sein können.

Das Schweigen zwischen ihnen war nicht unangenehm, sondern eher dicht und voller unausgesprochener Worte. Elisa Blick verriet, als wollte ihn fragen, was los sei, aber irgendetwas hielt sie zurück. Vielleicht war es die Art, wie seine Schultern sich leicht anspannten, oder der entfernte Ausdruck in seinen Augen, der sie daran erinnerte, dass jeder Mensch seine eigenen Geheimnisse und seine eigene Einsamkeit hatte. So gingen sie weiter, Seite an Seite, die Hände beinahe sich berührend, doch in Gedanken versunken. Der Fluss floss ruhig dahin, ein Zeuge seiner stillschweigenden Gedanken und der dezenten Spannung, die nun zwischen ihr und ihn schwebte.

Elisa warf einen Blick auf ihre Armbanduhr und machte einen verwunderten Gesichtsausdruck.

Die Zeit schien heimlich und unbemerkt an ihnen vorbeigezogen zu sein, wie ein Windhauch, der die Blätter kaum bewegte.

»Oh, es ist schon zwölf!«, sagte sie, ihre Stimme durchbrach die Stille um sie herum.

»Ich bin gleich noch mit einer Freundin verabredet.«

Ihre Worte hingen für einen Moment in der Luft, als ob sie das ruhige Plätschern des Flusses widerspiegelten. Mario nickte langsam, seine Gedanken schienen noch immer weit entfernt, irgendwo jenseits des glitzernden Wassers.

»Natürlich.« Erwiderte er schließlich, ein schwaches Lächeln spielte um seine Lippen.

»Ich hoffe, du hast eine schöne Zeit«, sagte er.

Er fühlte eine seltsame Mischung aus Bedauern und Erleichterung. Der Moment, der sie bis eben noch umgeben hatte, löste sich auf, und die Realität kehrte zurück, mit all ihren Verpflichtungen und Verabredungen.

Sie nahm seine Hand, drückte sie kurz und ließ sie dann los.

»Wir sehen uns bald wieder«, sagte sie, mehr eine Hoffnung als eine Feststellung.

Mario nickte erneut und Elisa drehte sich um, ging langsam den Weg zurück, den sie gemeinsam gegangen waren. Hinter ihr blieb nur noch das Rauschen des Flusses.

Seine Gedanken, in denen er verweilte, wurden plötzlich vom Blitz eines Instinktgedankens weggefegt. Ein

Augenblick der Klarheit durchbrach die Wellen seines Bewusstseins: Er hatte ihre Telefonnummer nicht. Wie sollte er sie wiedersehen?

Eine unerwartete Kälte legte sich über sein Herz, während er ihr hinterherblickte. Die Frau in der grauen Winterjacke verschwand langsam in der Ferne und jede ihrer Bewegungen schien ihn weiter in die Realität zurückzuholen. Er erinnerte sich an das Lächeln, das sie ihm schenkte, an den leisen Klang ihrer Stimme, als sie sich verabschiedete. All diese Details wurden plötzlich zu fragilen Erinnerungen, die drohten, in der Ungewissheit der Zukunft zu verblassen.

Mario blieb stehen, seine Gedanken wirbelten um die unerwartete Erkenntnis. Die Welt um ihn herum schien stillzustehen, während die Schwere dieses einen, schlichten Fakts über ihm hing. Er spürte das Verstreichen der Sekunden wie Sandkörner, die unaufhaltsam durch seine Finger rieselten.

Er sah sich um, als könnte die Umgebung ihm eine Antwort geben, ein Zeichen, eine Möglichkeit, sie wiederzufinden. Doch die Natur schwieg in ihrer zeitlosen Weise. Der Fluss strebte unbeirrt weiter, und die Bäume standen stumm wie immer.

Er musste einen Weg finden, dachte er, während er langsam den Pfad zurückging. Das Leben hatte eine seltsame Art, unerwartete Begegnungen zu weben, aber auch, sie wieder zu entwirren. Und doch spürte er eine leise Hoffnung, dass ihre Wege sich wieder kreuzen würden, auf die eine oder andere Weise, in dieser rätselhaften Choreografie des Schicksals.

Mit dieser Hoffnung im Herzen setzte er seinen Weg fort, das leise Rauschen des Flusses begleitete ihn, ein steter Begleiter seiner Gedanken und Wünsche.

Doch etwas schien ihn zurückzuhalten, als ob eine unsichtbare Hand seine Schritte bremste. Ein Hauch von Unsicherheit schwebte über ihm, aber der Gedanke an den verronnenen Moment des Abschieds trieb ihn voran. Er rannte, so schnell er konnte, zurück, in die Richtung, in der Elisa verschwand.

Der Wind spielte mit seinen Haaren, während er Elisa einholte. Ihre Silhouette zeichnete sich gegen das diffuse Licht der Mittagssonne ab, eine letzte Verbindung zu der Situation, die er festhalten wollte.

Leicht außer Atem, hielt er neben ihr an, sein Herz schlug wild gegen die Brust, als ob es die Worte vorwegnehmen wollte, die er gleich aussprechen würde.

»Elisa«, begann er, seine Stimme trat aus der Stille wie ein leises, aber festeres Murmeln. »Ich möchte dich wiedersehen und will nicht alles dem Schicksal überlassen.«

Er holte einen Stift und einen Zettel aus seiner Tasche, schrieb seine Nummer darauf und reichte ihn ihr. Im flimmernden Licht schienen die Zahlen darauf zu tanzen.

»Hier, meine Telefonnummer. Vielleicht hilft es uns, unsere Wege nicht wieder so zufällig auseinandergehen zu lassen«, mit den Worten reichte er ihr den kleinen Zettel.

Sie nahm den Zettel, und ihre Augen trafen sich für einen flüchtigen Moment. Der Knoten der Ungewissheit schien sich zu lösen und für einen Augenblick bewegten sie sich in einem Raum der Möglichkeit, der die Hoffnung auf eine Wiedervereinigung trug.

Sophie legte das Manuskript behutsam beiseite und lehnte sich an die kühle Wand, die den Raum in eine subtile Umarmung hüllte. Sie starrte geradeaus, die Augen auf einen unsichtbaren Punkt in der Ferne gerichtet. Ihre Gedanken glitten zurück zum ersten Kapitel, dessen Gefühle noch in der Luft schwebten wie der zarte Nebel eines frühen Morgens. Sie ließ sich von der emotionalen Tiefe tragen, die zwischen den Zeilen pulsierte, und die Verbindung zwischen den Charakteren und ihren eigenen Empfindungen wurde fast greifbar. Der Raum schien die Eindrücke der geschriebenen Worte aufzusaugen und sie in ein unsichtbares Netz von Erinnerungen und Empfindungen zu verweben.

Sophie spürte die unausweichliche Verbindung zwischen Mario und Elisa, als ob die Figuren aus dem Manuskript durch eine unsichtbare Faser mit ihr verwoben wären. Die Gedanken an ihre Dialoge und Momente hingen geheimnisvoll im Raum, wie ein feiner Duft, der nicht ganz verflog, sondern sich in den Ecken der Realität festsetzte.

Sie nahm das Manuskript wieder in die Hände, das Papier leicht kühl und rau unter ihren Fingerspitzen. Die Seiten, die zuvor nur vage in ihrem Bewusstsein angeklopft hatten, schienen jetzt eine unsichtbare Energie auszustrahlen. Mit einem, fast unmerklichen Seufzer öffnete sie es erneut und ließ ihren Blick auf die Zeilen fallen.

Die Worte, die auf den Seiten verschlüsselt waren, zogen sie wie ein magnetisches Feld an. Jeder Satz schien wie ein vertrauter, aber unerforschter Weg in den weiten Raum ihrer Gedanken zu führen. Sie begann neugierig weiterzulesen, als ob sie durch ein Fenster in eine andere Welt blickte, eine Welt, die sich langsam und geheimnisvoll enthüllte.

Mit jeder Zeile, die sie aufnahm, wurde die Distanz zwischen der Realität und der Fiktion schmaler. Die Worte verschmolzen zu einem Strom von Bildern und Empfindungen, der sie immer tiefer in die Geschichte hineinzog. Die Seiten flossen durch ihre Gedanken wie ein Fluss, dessen Verlauf sie mit jedem Umblättern weiterverfolgte.

In der ruhigen Umarmung der Umgebung war sie allein mit dem Manuskript, und der Rest der Welt schien für einen Moment zu verschwinden.

3

Jeden Morgen, wenn die ersten Sonnenstrahlen zaghaft durch die Vorhänge seines Schlafzimmers drangen, nahm Mario sein Handy zur Hand. Das vertraute Gewicht des Geräts in seiner Hand wurde zu einem gewohnten Ritual. Abends, wenn die Dunkelheit den Tag umhüllte und die Straßenlichter draußen zu flimmern begannen, wiederholte sich dasselbe Szenario. Auch während des Tages, in jenen kurzen Momenten des Innehaltens, warf er einen schnellen Blick auf das Display, suchte nach einer Nachricht von einer unbekannten Nummer.

Das Handy blieb stumm, seine Oberfläche kalt und unbeweglich, als ob es die tiefe Leere in seinem Herzen wider-spiegelte. Die Tage vergingen, einer nach dem anderen, wie Blätter, die lautlos von einem Baum fallen. Seine Hoffnung, Elisa wiederzusehen, wurde kleiner, schlich sich langsam zurück in die dunklen Ecken seines Bewusstseins, wo unerfüllte Wünsche und vergessene Träume ruhten.

Die Welt um ihn herum drehte sich weiter, doch an ihm nagte eine unerklärliche Sehnsucht. In den blinkenden Reflexionen auf den Fensterscheiben und im monotonen Murmeln der Menschen um ihn herum fand er tröstende Schatten der Erinnerung an jene kurze, bedeutungsvolle Begegnung.

Die Tage und Nächte vergingen, als ob sie in einem endlosen Tanz miteinander verflochten wären. Die Welt drehte sich weiter, unbeeindruckt von den zarten, unerfüllten Sehnsüchten, die in Marios Herz ruhten. Der Lauf der Zeit strömte, dem eintönigen Rauschen eines entfernten Flusses gleich, stetig und unaufhaltsam, während die Stunden sich ineinander verschachtelten und die Grenze zwischen Tag und Nacht verwischten.

Der Alltag zog an ihm vorbei, die Gesichter der Menschen in der Menge wurden zu verschwommenen Schemen, die sich unaufhaltsam bewegten. Jedes neue Morgenlicht brachte den gleichen schwachen Hoffnungsschimmer, der sich bis zum Abend wieder in die stille Melancholie der Nacht zurückzog.

Die Welt um ihn herum blieb ein Mosaik aus kaum greif-baren Momenten und offenen Fragen, ein unaufhörliches Kreisen, das seine Gedanken immer wieder zu jener kurzen, bedeutungsvollen Begegnung zurückführte. Während die Tage und Nächte sich abwechselten, blieb diese Erinnerung wie ein verborgener Edelstein in der Tiefe seines Bewusstseins, funkelnd und unerreichbar.

Am 12. Dezember war er ihr begegnet und nun näherte sich schon Weihnachten. Diese Gedanken kreisten in seinem Kopf, während er aus dem Fenster sah, wo die ersten Schneeflocken zögernd zur Erde fielen. Die Zeit schien sich in diesen Augenblicken zu dehnen und zu verkürzen, als ob sie ihn an die Vergänglichkeit und die Beständigkeit gleichermaßen erinnern wollte.

Weihnachten würde er wieder mit seinem Sohn und der Mutter seines Sohnes verbringen. In ihrer Nähe fühlte er sich unwohl. Es war ein diffuses Gefühl, das wie ein unsichtbarer Schleier über ihm lag, eine subtile, aber unübersehbare Dissonanz. Die Atmosphäre zwischen ihnen war wie ein unerforschter Raum, dessen Wände mit den verworrenen Spuren vergangener Konflikte und unausgesprochener Worte bedeckt waren.

Kaum verblassende Bilder der Begegnung mit Elisa, so frisch und gleichzeitig wie ein ferner Traum, vermischten sich mit den Gedanken an die bevorstehenden Feiertage. Die weihnachtliche Atmosphäre, mit ihren Lichtern und Düften bildete eine Kulisse für seine inneren Überlegungen, ein friedlicher Hintergrund, vor dem sich die bohrenden Fragen und Hoffnungen seines Herzens abspielten.

Weihnachten verging, und Mario fand sich in der freien Woche ohne einen klaren Anhaltspunkt wieder. Die Zeit schien sich langsam zu dehnen, wie ein schwerer Nebel, der keine Richtung kannte. Tag um Tag zog sich dahin, ein endloser Strom von Momenten, die ihn oft in gedankenverlorenes Nichts versetzten.

Die Gedanken an Elisa ließen ihn nicht los. Wie flüsternde Schatten begleiteten sie ihn in den ruhigen Stunden des Tages. Es war, als ob die Zeit selbst von ihrer Präsenz durchtränkt war und in den leeren Räumen seines Alltags fand er sich immer wieder bei den wunderschschönen Bildern ihrer gemeinsam erlebten Augenblicke.

Auch Silvester und seine Partys zogen an ihm vorbei wie ein leiser, verschwommener Traum. Die Feierlichkeiten, die in der Stadt wie ein schnell verblassender Funkenregen über den Himmel huschten, hinterließen in ihm nur ein schwaches Echo. Die glitzernden Lichter und die fröhlichen Rufe der Menschen verhallten wie entfernte, kaum wahrnehmbare Melodien im Wind.

All die Festlichkeiten, die für andere voller Leben und Energie waren, erschienen ihm wie Schatten eines anderen Lebens, das er nicht ganz begreifen konnte. Die undeutlichen Umrisse der Menschenmengen, die in den Straßen tanzten und lachten, berührten ihn nicht. Inmitten ausgelassener Freude fühlte er sich wie ein heimlicher Beobachter, der in einem eigenartigen, melancholischen Raum gefangen war, dessen Wände von den ungreifbaren Erinnerungen und den ständig im Hintergrund wirbelnden Gedanken an Elisa durchzogen waren. Die Zeit schien sich für ihn in einem endlosen Moment des Wartens zu dehnen, während das neue Jahr seinen Anfang nahm.

An diesem Januarmorgen regnete es hauchfeine Tröpfchen und die letzte Schneeflocke, die sich an den Ästen vor dem Schlafzimmerfenster gehalten hatte, verschwand langsam im grauen Niesel. Der Regen fiel wie ein heimliches Flüstern, das die Welt in einen Zustand zeitloser Melancholie hüllte.

Instinktiv griff er nach seinem Handy und schaltete das Display ein, um die Uhrzeit zu überprüfen. Sein Blick verharrte auf dem Bildschirm, als er eine unbekannte Nummer entdeckte, die wie ein rätselhafter Stern in der trüben Dämmerung aufleuchtete.

Sein Herz setzte einen Schlag aus und begann dann, in einem schnellen, nervösen Rhythmus zu schlagen. Ein elektrischer Schock durchfuhr ihn und als er die Nachricht öffnete, breitete sich ein vertrautes, fast magisches Lächeln auf seinem Gesicht aus. Es war das gleiche strahlende Gefühl, das er im Dezember erlebt hatte, als er Elisa begegnet, war. In diesem Augenblick schien die Zeit stillzustehen, und die Erinnerung an jene Begegnung erwachte wie ein zarter, aber lebendiger Traum, der sich in den Regen und die Kühle des Januarmorgens einfügte.

Er las die Nachricht zuerst im Stillen, die Worte auf dem Bildschirm flimmerten vor seinen Augen. Die Buchstaben bewegten sich tänzelnd wie der Regen, der draußen gegen das Fenster prasselte. Elektrisiert versuchte er, die Bedeutung der Nachricht in sich aufzunehmen, als ob er ein geheimnisvolles Rätsel entschlüsseln wollte.

Um sicherzugehen, dass er nicht in einem surrealen Traum gefangen war, las er die Nachricht erneut laut vor. Die Worte hallten durch den Raum, jede Silbe trug eine subtile Mischung aus Vorfreude und Vertrautheit: »Guten Morgen, vielleicht könntest du mir das Siebengebirge zeigen, in Form von einer Wanderung. Ich hätte am kommenden Samstag Zeit. Was meinst du? Liebe Grüße, Elisa.«

Während die letzten Worte in der Luft schwebten, hielt die Welt für eine Millisekunde den Atem an. Kaum ohne Verzögerung setzte der Regen draußen seinen Tanz fort und die Welt war von einem dichten Schleier der Erwartung umhüllt. Mario spürte, wie sich ein warmes Gefühl in ihm ausbreitete, das ihn an die magische Verbindung erinnerte, die er mit Elisa geteilt hatte. Der Gedanke an das Siebengebirge, das bald in Form einer gemeinsamen Wanderung erkundet werden könnte, brach wie ein zarter Lichtstrahl durch die grauen Schleier des Januarmorgens.

»Guten Morgen«, begann er, während er die Worte in die Tasten seines Handys tippte.

»Ich freue mich von dir zu lesen«, fuhr er fort.

Die Buchstaben erschienen nacheinander auf dem Bildschirm, als ob sie in einem geheimen Rhythmus zum Leben erwachten.

»Sehr gerne gehe ich mit dir wandern«, ergänzte er, seine Gedanken flossen stetig wie ein ruhiger Fluss, der durch die Landschaft seiner Erinnerungen zog.

»Ich werde dir das Annatal zeigen. Es wird dir bestimmt gefallen. Ich freue mich schon sehr«, fügte er hinzu.

Seine Worte formten sich zu einer hingebungsvollen Einladung, der Hauch von Frühlingsluft gleich, die kühlen Januarluft erwärmte.

»Herzliche Grüße, Mario«, schloss er ab und drückte auf »senden.«

Die Nachricht schien in der einsetzenden Erwartung des Moments zu verharren und er konnte das sanfte Gefühl der Vorfreude spüren, das wie ein leiser Puls in ihm widerhallte.

Langsam kehrten seine Lebensfreude und Energie zurück, wie ein sanfter Schimmer, der sich durch die grauen Wolken eines regnerischen Tages drängt. Es war, als ob ein zarter, aber stetiger Wind die trüben Nebel in seinem Inneren hinwegfegte und Raum für einen Hauch von frischer, belebender Luft schuf. Die Farben um ihn herum schienen intensiver zu werden und die Geräusche der Welt nahmen eine neue, lebendige Tiefe an. Jede Sekunde fühlte sich an wie ein zarter, aber spürbarer Puls in einem harmonischen Rhythmus, der ihn an die freudig sprudelnde Energie erinnerte, die ihm normalerweise im Blut lag und die er schon so lange vermisst hatte.

Das Leben kehrte mit frischer Kraft zurück, die Tage, die zuvor in einem monotonen Grau verschwommen waren, durchzog nun wieder ein feiner Glanz, der seine Seele erfrischte.

Der Tag der Wiederbegegnung mit Elisa war gekommen. Er hatte sich am Fuße des Annatals mit ihr verabredet, einem Ort, der wie ein jahrhundertelang gehütetes Geheimnis in der Landschaft ruhte.

Als er sie schließlich erblickte, verlangsamte sich die Welt um ihn herum in Zeitlupe. Jeder Schritt, den er auf sie zuging, fühlte sich an wie ein langsames Eintauchen in einen vertrauten Traum, in dem sich die Sekunden dehnten und die Atmosphäre von unausgesprochenem Gefühl durchzogen war.

Als er sie erreichte, legte er seine Arme um sie und zog sie in eine lange, zärtliche Umarmung. In diesem Moment schien alles andere zu verblassen, die

Schöpfung um sie herum verschwand wie der Nebel am frühen Morgen. Es war, als ob die Zeit für einen Augenblick stillstand und sie in einem Zustand von reinem, beruhigendem Kontakt und tiefem Verständnis miteinander verschmolzen.

Obwohl die Worte überflüssig waren, murmelte er leise:

»Schön, dich wiederzusehen.«

Seine Stimme klang wie ein ferner, samtener Ton in der Stille des Augenblicks.

Elisa sagte nichts, aber als sie seine Umarmung erwiderte, spürte er die lebendig pulsierende Freude, die sie in ihrem Herz trug, als ob ihre unausgesprochene Antwort durch die wohlige Wärme ihres Körpers übermittelt wurde.

Ihre Berührung war tief und bedeutungsvoll und in diesem Moment schien es, als ob ihre Seelen miteinander kommunizierten, jenseits der Notwendigkeit von Worten. Der Regen, der fast zärtlich auf die Blätter um sie herum fiel, verstärkte das intime Schweigen und er fühlte, wie die Welt um sie herum zu einem lebendigen Gefüge von frisch erwachten Erinnerungen und Gefühlen wurde.

Der Augenblick dehnte sich aus, jeder Herzschlag ein lebendig pulsierender Takt in der klanggewaltigen Symphonie ihrer Wiederbegegnung. Die Worte, die nicht artikuliert wurden, waren dennoch klar und stark, eine stille Kommunikation, die in der Tiefe ihrer Umarmung und der beruhigenden Gegenwart des anderen zu finden war.

»Lass uns starten«, sagte er, obwohl er noch länger in der Umarmung hätte verweilen können.

Die angenehme Wärme ihrer Berührung war ein willkommener Trost, der ihn tief berührte. Doch der Moment verlangte nach Bewegung, nach Weitergehen, wie ein böiger Wind, der die Blätter vor sich hertrieb.

»Ich möchte dir den schönsten Wanderweg im Siebengebirge zeigen«, fügte er hinzu, seine Stimme, ein kristallenes Echo in der klaren Morgenluft.

Es schien, als ob die Worte selbst Teil der Landschaft wurden, ein hauchdünner Faden, der sie beide in die bevorstehende Wanderung einweihte.

Der Pfad vor ihnen war von geheimnisvoller Schönheit durchzogen. Dicke, moosbewachsene Bäume säumten den Weg. Ihre kräftigen Wurzeln bildeten ganze Landschaften, die eine magische Märchenatmosphäre erschufen. Jeder Schritt, den sie gemeinsam gingen, fühlte sich an wie ein Neubeginn, ein zaghaftes Entdecken der Welt und der Gefühle, die sie verbanden. Die Regentropfen, die leicht auf die Blätter fielen, begleiteten sie wie ein stetiges Lied des Waldes, während sie sich auf den Weg machten, der sich vor ihnen entfaltete.

Ein Bach war ihr ständiger Weggefährte, sein leises Murmeln erfüllte die Luft mit einer beruhigenden, fast meditativen Melodie. Sie folgten seinem geschwungenen Lauf, der sich wie ein silberner Faden durch die Landschaft zog, stets präsent und doch auf eine beruhigende Weise unaufdringlich.

Langsam klarte der Himmel auf. Die grauen Wolken zogen sich zurück und das sanfte Blau des Himmels begann, sich über ihnen auszubreiten. Die Welt schien sich selbst zu erneuern, jeden Augenblick frisch und lebendig, während sie weitergingen, Schritt für Schritt, in einer stillen, aber tiefen Verbundenheit mit der Natur und miteinander. Elisa war fasziniert von der Schönheit des Annatals. Hügel und dichte Wälder umgaben sie mit ihrer dezenten Pracht, die sie tief berührte. Die Natur existierte in schlichter Harmonie –die Bäume, der Bach – ein Teil eines größeren, unsichtbaren Ganzen.

Sie waren bereits eine Stunde gewandert und langsam fühlte er eine leichte Müdigkeit in seinen Beinen aufsteigen. Die Sehnsucht nach einer Pause machte sich bemerkbar, ein kaum merkbarer Wunsch, der verborgen in seinem Geist auftauchte. Er sah zu Elisa hinüber, ihre Schritte waren fest und gleichmäßig, doch er spürte, dass auch sie den Augenblick der Ruhe willkommen heißen würde.

Er blickte voraus, seine Augen suchten die Umgebung ab, bis sie auf eine einfache Holzbank stießen, die halb verborgen unter den überhängenden Ästen eines alten Baumes stand. Die Bank schien, wie durch Zufall, genau im richtigen Moment aufzutauchen, als ob sie auf sie gewartet hätte.

»Lass uns hier eine Pause machen«, sagte er und deutete auf die Holzbank.

Sein Tonfall war klar und einladend, als ob er die Müdigkeit, die Elisa fühlte, in seinen eigenen Gedanken gespürt hätte.

Gemeinsam gingen sie zu der Bank und setzten sich, der Frieden der Umgebung umhüllte sie ein wie eine weiche Decke, während sie die Ruhe genossen, die nur in solchen Augenblicken der friedlichen Einkehr zu finden ist. Vereinzelte Sonnenstrahlen drängten sich zwischen den nackten Bäumen hindurch und fanden ihren Weg zu ihnen auf der ruhenden Bank. Die Lichtstrahlen spielten auf ihren Gesichtern und schufen ein, goldenes Leuchten, das die Welt um sie herum in einen magischen Glanz tauchte. Es war, als ob die Sonne selbst ihnen in diesem Moment ihre liebevolle, freundliche Aufmerksamkeit schenkte. Die Wärme der Strahlen breitete sich aus, durchdrang die kühle Morgenluft und schenkte ihnen ein Gefühl von tiefer, wohltuender Geborgenheit. Sie betankten ihre etwas ermüdeten Körper mit neuer Energie, durchdrangen ihre Haut und ließen die Müdigkeit allmählich verblassen, während sie beide mit dem, wohltuenden Gefühl der Erneuerung erfüllte.

»Lebst du allein?«, unterbrach sie das Schweigen, ihre Stimme weich und doch neugierig.

Mario zögerte einen Moment, als ob er die richtigen Worte aus einer unsichtbaren Schublade in seinem Geist holen müsste.

»Ja«, antwortete er schließlich.

»Seit fast drei Jahren lebe ich allein. Meine Freundin und ich haben uns im März 2019 getrennt.«

Die Worte hingen einen Moment in der Luft, wie verklingende Noten einer melancholischen Melodie.

Die Stille kehrte zurück, doch diesmal war sie von einem tieferen Verständnis durchzogen, als ob die geteilten Worte eine unsichtbare Brücke zwischen ihren Gedanken gebaut hätten.

»Ich bin seit einem halben Jahr von meinem Mann getrennt«, knüpfte sie an, ihre Worte zart und gleichzeitig von einer verborgenen Traurigkeit durchzogen.

Mario ließ diese Information in sich nachklingen, wie eine Welle, die sanft an das Ufer seines Bewusstseins brandete. Er fragte sich, ob sie in dieser Phase ihres Lebens bereit war für eine neue Verbindung zu einem Mann. Seine Gedanken wanderten, während er versuchte, in ihren Augen eine Antwort zu finden.

Das Schweigen, das folgte, war nicht unangenehm. Es war gefüllt mit unausgesprochenen Fragen und leisen Hoffnungen, wie ein unhörbarer Dialog, der zwischen ihren Herzen stattfand. Der Raum um sie herum schien sich in diesem Moment in einer zarten Balance zu wiegen, als ob er darauf wartete, wohin der nächste Schritt sie führen würde.

Plötzlich nahm Mario die Vibrationen seines Handys wahr, ein leises Summen, das sich durch den ruhigen Moment zog. Nervös holte er es aus dem Rucksack heraus, seine Bewegungen ein wenig hektisch. Elisa beobachtete seine Reaktion, ihre Augen aufmerksam und neugierig. Sie bemerkte den gleichen Gesichtsausdruck, den er damals beim Spaziergang am Flussufer hatte. Ein Ausdruck von innerer Unruhe, als ob eine unsichtbare Last auf ihm lastete. Die Spannung in der Luft verstärkte sich für einen kurzen Augenblick und die dichte Atmosphäre um sie herum schien die Gedanken und Gefühle widerzuspiegeln.

»Ist alles in Ordnung?«, fragte sie mit einem leichten An-flug von Besorgnis in der Stimme.

»Ja, alles in Ordnung«, antwortete er, doch die Worte schienen kaum mehr als ein Hauch in der idyllischen Umgebung. Seine Mimik sprach eine andere Sprache, die feinen Züge seines Gesichts verrieten eine tiefere Unruhe.

Auf dem Display seines Gerätes hatte er etwas entdeckt, das ihn besorgte. Die gewohnte Harmonie des Augen-blicks wurde von einem unsichtbaren, schattigen Gefühl durchzogen, während das Schweigen zwischen ihnen sich zu einer Art schwebender Spannung verdichtete.

Elisa schien sich zu fragen, welches Ereignis sich hinter Marios besorgtem Gesichtsausdruck verbarg. Sie beobachtete die stillen Weiten seiner Mimik, als ob sie nach einem verborgenen Rätsel suchten, das zwischen den feinen Zügen und dem unauffälligen Flimmern des Displays verborgen lag.

Die Szene schien in einem Nebel der Ungewissheit eingehüllt und die friedvolle Umgebung um sie herum verstärkte nur die Fragilität des Moments.

Ein Tieferliegendes Vertrauen schwebte in der Luft, eine unbestimmte Erwartung, dass die Wahrheit irgendwann ans Licht kommen würde.

»Wollen wir unsere Wanderung fortsetzen?«, fragte sie, während ihr ausgeruhter Körper sich langsam in den Stand bewegte.

Ihre Worte schwebten wie ein lieblicher Klang durch die frische Morgenluft, während sie sich aufrichtete, als ob sie die sanfte Erneuerung ihrer Kräfte mit jedem Schritt spürte. Der Moment war von einer, unaufdringlichen Energie durchzogen, und die Frage klang wie eine dezente Einladung, den Weg fortzusetzen, der sich vor ihnen ausbreitete.

»Ja, meine Beine fühlen sich ausgeruht an«, antwortete er. Die Müdigkeit wich aus ihren Gliedern und ihre Körper fanden sich erneut im harmonischen Rhythmus der Wanderung. Jeder Schritt, den sie machten, war eine Bestätigung der wiedergewonnenen Energie.

Und so setzten sie ihre Wanderung fort, entlang des Bachs, dessen leises Murmeln zu ihrem stetigen Begleiter geworden war. Vorbei an den Barrikaden aus Baumstämmen, die der Wald willkürlich vor ihnen gelegt hatte, navigierten sie geschickt über umgestürzte Äste und Wurzeln, die aus dem Boden ragten wie alte, knorrige Hände.

Elisa ging voraus, ihre Schritte waren ruhig und sicher, während er ein paar Meter hinter ihr zurückblieb. Der Wald um sie herum war still, nur das Rascheln der Blätter im Wind und das Plätschern des Baches waren zu hören. Plötzlich durchbrach das trockene Knacken eines Astes die Stille, so unerwartet, dass es ihm den Atem stocken ließ.

Er hielt inne. Langsam drehte er sich um, den Blick wachsam in die Tiefe des Waldes gerichtet. Die Bäume standen still und schwer, als hielten sie den Atem an. Doch da war niemand zu sehen, nur die Schatten, die sich zwischen den Stämmen bewegten, formten flüchtige Gestalten in seinem Kopf. Er wandte sich wieder um und eilte Elisa nach, das unbestimmte Gefühl, beobachtet zu werden, haftete an ihm wie eine unsichtbare Hand die ihn nicht loslassen wollte.

Der Pfad führte sie schließlich zu einem Treppenplateau aus Holz, das sich einer geheimnisvollen Brücke gleich über den Waldboden erstreckte. Die Stufen knarrten unter ihren Füßen und schienen, Geschichten vergangener Wanderer zu erzählen, während das Sonnenlicht auf den Holzplanken tanzte und ihrem Weg eine magische Aura verpasste.

Elisa begann zu erzählen, und Mario hörte ihr aufmerksam zu. Ihre Stimme war warm und beruhigend, und ihre Worte strömten wie ein endloser Fluss durch die Landschaft des Gesprächs. Ihr Sprechtempo war gleichmäßig und angenehm, wie das regelmäßige Klopfen eines Metronoms, das es ihm ermöglichte, den Worten ohne Mühe zu folgen.

Sie sprach von ihrer Kindheit, von den Erinnerungen, die wie verblasste Bilder in der Zeit schwebten. Dann erzählte sie von ihrem Studium in Finnland, das sich wie ein Traum voller dunkler Wälder und endloser Winterabende anfühlte, den frostigen Landschaften und der weiten weißen Schönheit, die ihre Seele geprägt hatte. Schließlich sprach sie von ihrer letzten Beziehung, die sie vor sechs Monaten beendet hatte und die Worte darüber unterbrachen das stetige Fließen wie zögerliche, aber klare Tropfen, die eine glatte Oberfläche durchbrachen.

Mario erzählte von seiner Kindheit auf dem Bauernhof, von der grenzenlosen Freiheit, die er als Kind hatte. Seine Erzählweise war humorvoll und bildhaft, als ob er lebendige Bilder aus einer längst vergangenen Zeit malen würde. Elisa lächelte oft, fasziniert von den

Geschichten über wilde Abenteuer und einfache Freuden, die sein Leben damals geprägt hatten.

Unbewusst spürte er dabei im hintersten Kämmerchen seiner Wahrnehmung, dass sie tief in ihrem Inneren hoffte, er würde mehr über sich selbst erzählen, über seinen wahren Kern, der hinter diesen Erinnerungen verborgen lag. Er ahnte, dass sie spürte, wie viele ungesagte Worte und unausgesprochene Gefühle es gab, die er zurückhielt. Aber vielleicht war die Zeit noch nicht reif dafür. In der Harmonie dieses Augenblicks lag eine leise Geduld, ein unausgesprochenes Einverständnis, dass manche Geheimnisse erst mit der Zeit und dem Vertrauen enthüllt werden.

Es war bereits Nachmittag geworden, und gemeinsam beschlossen sie, zurückzukehren. Die Sonne begann, ihre goldenen Strahlen tiefer durch die Bäume zu werfen und der Bach, der sie begleitet hatte, murmelte nun leiser, als würde er sich ebenfalls auf den Rückweg machen.

Sie verabschiedeten sich mit einer langen, warmen Umarmung. Ihre Berührung war von einer Intensität, die Worte überflüssig machte und in diesem kostbaren Augenblick schien die Zeit stillzustehen.

»Ich möchte dich wiedersehen«, sagte er mit fast sehnsüchtiger Stimme.

Die Worte schwebten eine Sekunde lang unsicher in der Luft, getragen von der zarten Hoffnung, die in seinen Augen aufblitzte.

»Ich möchte dich auch wiedersehen«, erwiderte sie freudevoll.

Ihre Stimme verlor sich in der kühlen Nachmittagsluft. Ein warmes Lächeln erhellte ihr Gesicht und in ihren Augen funkelte eine aufrichtige Freude, die die Bedeutung ihrer Worte noch verstärkte – ein glitzernder Zauber, der sich zwischen ihnen ausbreitete.

Ihre Körper lösten sich vorsichtig voneinander, als ob sie einen unsichtbaren Faden trennten. Sie stiegen in ihre Autos und die Wehmut des Abschieds lag in der Luft.

Mit einem letzten Blick, der mehr sagte als tausend Worte, fuhren sie davon, jeder in seine eigene Richtung, während die Schatten des Nachmittags länger wurden und die Welt in eine stille Melancholie tauchten.

Die Vögel verstummten und eine kühle Brise wehte durch die Bäume, als die ersten Anzeichen der nahenden Dämmerung sich ankündigten. Sophie legte das Manuskript beiseite, stand auf und ging die knarrende Holztreppe hinunter. Sie trat einen Schritt aus dem Haus und ließ den Blick über den spiegelglatten See schweifen.

Viele Szenen aus dem Manuskript gingen ihr durch den Kopf, jede einzelne ein Mosaikstein in einem komplexen Bild, das sich langsam vor ihrem inneren Auge formte. Die kühle Brise trug die feinen Düfte des Wassers und des umliegenden Waldes zu ihr und sie spürte, wie die Worte des Manuskripts sich mit der friedvollen Schönheit der Landschaft vermischten, als ob sie untrennbar miteinander verbunden wären.

Sie machte ein nachdenkliches Gesicht. Ihre Gedanken verweilten bei dem Namen der Protagonistin im Manuskript. Sie trug denselben Namen wie ihre Mutter. Ein Zufall? fragte sie sich, es war, als ob die Worte auf den Seiten eine geheimnisvolle Brücke zu ihrer eigenen Vergangenheit schlugen, die sie nun mit leiser Faszination betrachtete.

Vor lauter Ereignisse des Tages vergaß sie, einen Schlafplatz zu suchen. Mit einem plötzlichen Anflug von Eile ging sie wieder ins Innere, rannte die knarrende Holztreppe hinauf und holte das Manuskript, das sie behutsam in ihren Rucksack steckte. Dann verließ sie das Haus, die Dämmerung fiel bereits sanft über die Landschaft und die Welt um sie herum begann sich in ein tiefes Blau zu hüllen, bis sie den Campingplatz erreichte.

Als die ersten Sonnenstrahlen sich durch das kleine Netzfenster im Zelt bohrten und ihr Gesicht bestrahlten, öffnete sie die Augen. Ausgeschlafen streckte sie sich und spürte, wie die Müdigkeit der Nacht von ihr abfiel. Ein leises Lächeln huschte über ihre Lippen, während sie die frische Morgenluft einatmete und sich auf den neuen Tag freute. Die Welt schien mit ihr zu erwachen und in diesem Augenblick fühlte sie eine zarte Vor-freude, als ob der Tag ihr etwas Besonderes versprochen hätte.

Während sie in einem kleinen Café auf dem Campingplatz frühstückte, holte sie vorsichtig das Manuskript aus ihrem Rucksack. Mit einem leisen Rascheln entfalteten sich die Seiten vor ihr und sie begann mit neugierigen Augen weiter darin zu lesen. Die Sonne schien sanft durch das Fenster und warf ein warmes, goldenes Licht auf die Tischplatte, während der Duft von frisch gebrühtem Kaffee die Luft erfüllte. Inmitten dieser heimeligen Morgenszene tauchte sie in die Welt des Manu-skripts ein, als ob sie wieder durch eine unsichtbare Tür in eine andere Realität trat.

4

An diesem Freitag verließ er bereits um 13.00 Uhr die Praxis. Er stieg auf sein Fahrrad und fuhr über eine Brücke, um die Rheinuferpromenade zu erreichen, die er dann für seinen Heimweg nahm. Der Wind spielte mit seinem Haar und der gleichmäßige Rhythmus der Pedale wirkte beruhigend. Das Fahrradfahren half ihm, sich von dem Arbeitsalltag zu distanzieren, und erleichterte ihm den Übergang in seine Privatwelt.

Während er am Fluss entlangfuhr, beobachtete er die Wellen und die vorbeiziehenden Schiffe. In diesen Momenten fühlte er sich frei und konnte seine Gedanken treiben lassen, als ob der Fluss sie mit sich forttragen würde. Nur die Erinnerungen an Elisa fanden stets den Weg zu ihm zurück. Während er fuhr, klang die Wanderung der letzten Woche mit ihr in ihm nach. Ihre Stimme, die sich in den Bäumen verloren, die flüchtigen Berührungen und das sanfte Lächeln, das sie ihm schenkte. Ihren weichen Körper spürte er immer noch an seinem, als er an die lange Umarmung dachte. Es war, als ob die Erinnerung an ihre Wärme in seiner Haut nachhallte, wie ein flüchtiger Duft, der nicht verfliegen wollte. Jedes Detail kehrte in lebhaften Farben zurück.

Plötzlich verspürte er ein dringendes, fast sehnsüchtiges Gefühl, Elisa eine Nachricht zu schreiben. Er stieg vom Fahrrad ab und setzte sich unter einen Baum am Ufer. Die Wellen des Flusses spiegelten seine eigenen, unruhigen Gedanken wider. Er holte sein Handy hervor und begann zu tippen.

»Hallo Elisa, ich bin gerade unterwegs nach Hause und hatte ein dringendes Bedürfnis, dir zu schreiben. Hättest du heute Abend Zeit? Ich würde dich gerne zu mir zum Abendessen einladen. Herzliche Grüße, Mario.«

Nachdem er die Nachricht abgeschickt hatte, blieb er noch eine Weile sitzen, den Blick auf das Spiel der Wellen gerichtet, während die Erwartung in seinem Inneren wuchs. Während sein Blick noch auf das Wassers gerichtet war, vibrierte sein Handy. Mit einem Hauch von Neugier und einer schnellen Bewegung griff er nach dem Gerät.

»Hallo Mario, sehr gerne komme ich heute Abend zu dir auf die andere Rheinseite. Liebe Grüße, Elisa.«

Marios Vorfreude schien unendlich. Seine Lippen verzogen sich zu einem breiten Strahlen, während er die Nachricht noch einmal las.

Mit dem Lächeln im Gesicht, dass fast wie ein Geheimnis wirkte, setzte er sich aufs Fahrrad. Voller positiver Erwartung spürte er, wie eine ungewohnte Leichtigkeit ihn durchströmte. Der Rest des Weges nach Hause schien sich unter ihm aufzulösen, während die Pedale unter seinen Füßen wie von selbst in Bewegung gerieten. Die Umgebung um ihn herum verschmolz mit dem Rhythmus seines Fahrens und die Glücksgefühle im Hinblick auf die Begegnung schwebten wie Schmetterlinge in seinem Kopf.

Der Abend schlich sich schneller heran als erwartet und als die Uhr 19:00 schlug, hallte das Klingeln durch den Flur. Als er die Tür öffnete, stand sie dort, gekleidet in denselben Kleidern wie damals im Café, an dem Tag, als ihre Wege sich zum ersten Mal kreuzten. Ihre vertraute Präsenz, eingefangen in diesem Augenblick, ließ die Zeit um ihn herum verblassen. Er empfing sie mit einer langen, warmen Umarmung, die alle Worte überflüssig machte. Die Welt um sie herum blieb stehen, hüllte sie ein in ein zeitloses Nichts, das nur sie beide füllten.

»Du duftest gut und vertraut«, sagte er, seine Stimme beinahe flüsternd.

Er ließ den Blick über sie gleiten, als ob er sich den Duft und die Wärme dieses Augenblicks einprägen wollte.

»Mach es dir gemütlich, fühl dich wie zuhause«, fügte er hinzu und deutete auf den Raum, dessen sanfte Beleuchtung und ruhige Atmosphäre sich einladend einfühlte.

Es war seine Küche, größer als die gewöhnlichen Küchen, die Elisa sonst kannte. Liebevoll und verlockend strahlte sie eine Ruhe aus, die fast greifbar war. Kein Ansatz von standardisierter Einbauküche, sondern eine Einrichtung, die von persönlichem Handwerk zeugte. Jedes Detail schien eine Geschichte zu erzählen und die warmen Holzoberflächen und sorgfältig ausgewählten Accessoires fügten sich zu einem Bild von behaglicher Einfachheit. In dieser Küche, wo die Zeit langsamer verging, konnte man die Spuren einer unaufdringlichen, tief verwurzelten Persönlichkeit erkennen.

Mario liebte die Einfachheit und Schlichtheit. Die Küche, in der sie sich nun befanden, schien eine stille Hommage an diese Vorliebe zu sein. Die Details, die sachliche Eleganz, die jede Ecke durchzog, diese Zurückhaltung verriet auch etwas über seine Persönlichkeit.

Es war, als ob die Räumlichkeiten selbst Geschichten über ihn erzählten, Geschichten, die nur darauf warteten, von ihr entschlüsselt zu werden. Unter dem Küchenfenster stand eine Récamiere, deren einladende Form wie gemacht war, um sich hineinzusenken.

Elisa ließ sich darauf nieder, die weiche Polsterung gab sacht unter ihrem leichten Körper nach. Von ihrem Platz aus konnte sie Mario beobachten, der an der Küchenplatte mit dem Messer Gemüse schnitt. Sein Rücken war ihr zugewandt und die gleichmäßigen Bewegungen seiner Hände schienen einem meditativen Rhythmus zu folgen. Der Duft von frisch geschnittenen Zutaten mischte sich mit dem gedimmten Licht und schuf eine Atmosphäre der Zeitlosigkeit.

Er konnte spüren, wie ihr Blick ihn von hinten streifte, wie ein unsichtbarer Schleier, der seinen Körper erkundete. Die Präsenz ihrer Aufmerksamkeit zog sich wie ein Echo, durch den Raum. Ohne sich umzudrehen, ließ er die Frage aus seinem Mund gleiten.

»Magst du mir helfen?«

Die Worte hingen eine Sekunde in der Luft und bildeten eine formlose Brücke zwischen ihnen. Ohne ein Wort zu verlieren, erhob sie sich und stellte sich hinter ihm. Ein feines Zittern durchzog seinen Körper, als er das Aufsteigen einer angenehmen Aufregung spürte. Instinktiv wandte er sich zu ihr und ihre Blicke verflochten sich in einem stummen Austausch. Langsam rückte er näher, seine Nase streifte zärtlich ihre Schläfe und wanderte weiter zur anderen Seite. Schließlich spürten seine Lippen den warmen Atem, der wie eine unsichtbare, doch greifbare Präsenz zwischen ihnen schwebte. Mit zarten Berührungen seiner Lippen begann er, die Konturen ihres Mundes zu erkunden, von einem Mundwinkel zum anderen.

Jeder Kontakt löste einen prickelnden Schauer in ihm aus. Er konnte die aufsteigende Leidenschaft in ihm spüren, die wie eine unterschwellige Melodie in der Luft lag und sich in sein Herz einprägte.

Für ihn war es ein Gefühl, das lange in den Tiefen seines Inneren gewartet hatte, ungeduldig und drängend, ohne zu wissen, wohin es sich wenden sollte. Nun schien er einen Ort zu entdecken, an dem jede Möglichkeit wie ein Versprechen war, bereit, sich in Realität zu verwandeln.

Im Hintergrund klang leise Instrumentalmusik. Umhüllt von einem dünnen Licht tanzten sie eng umschlungen in seiner Küche, ihre Bewegungen im Rhythmus einer Verliebtheit. Er hob sie behutsam in seine Arme, ihre   kräftigen,   geschmeidigen   Oberschenkel umschlangen ihn wie ein vertrautes Band. Mit leisen Schritten trug er sie in sein Schlafzimmer, die Welt um sie herum schien für einen Moment stillzustehen. Vorsichtig legte er sie auf das Bett, als ob er einen kostbaren Schatz niederlegte und die Atmosphäre zwischen ihnen füllte sich mit knisternder Erregung. Seine Nase glitt langsam über ihre Haut, erkundete jeden Winkel und jede Stelle ihres Körpers. Seine Lippen, bereits von der Hitze des Augenblicks erfasst, folgten dem Weg seiner Nase. Sie streiften sanft über die weiche Haut hinter ihren Ohrläppchen, wanderten den Hals hinunter, entlang des Nackens, über den Rücken und die Taille. Sie glitten über den Bauch, die Oberschenkel, die Kniekehlen und weiter bis zu den Füßen, den Unterschenkeln und den Innenschenkeln. Als er an ihren Brustwarzen verweilte, atmete er tief ihren Duft ein und berührte sie mit sanften Küssen, ließ ihnen den Raum, sich aufrichten und den Moment zu leben. Er spürte die subtile Veränderung in ihrem Atem, die aufsteigende Welle der Lust, die sich in den sanften Wölbungen ihres Körpers regte. Mit einer ruhigen Entschlossenheit schenkte er ihren Brüsten das gewünschte Gefühl, das sie forderten und ließ die Energie zwischen ihnen noch dichter und intensiver werden. Seine Lippen setzten ihren Weg fort, von ihrem flachen Bauch zu den Innenschenkeln. Sein Kopf senkte sich tiefer, bis er zwischen den sanften Linien ihrer Beine verschwand. Die Rhythmen seiner Atmung wurden schneller, während sein Körper von einem grundlegenden Instinkt geleitet wurde. Sie bewegte sich sanft und rhythmisch und als sich ihr Becken erhob, ergriff er die

Gelegenheit und schob seine Hände unter ihre Gesäß-
hälften. Seine Zunge und Lippen bewegten sich im sanften Spiel über ihre Innenschenkel, ein Tanz aus Berührung und Erwartung. Geduldig warteten sie auf den
richtigen Zeitpunkt, um in ihre verletzlichste Stelle zu
gleiten. Ihre erhitzten und geschwollenen Lippen um-
schlossen seine Zunge, führten sie sanft den Hügel hinauf und zogen ihn dann wieder zurück in die Tiefe, während der Rhythmus zwischen ihnen immer schneller
und intensiver wurde. Sie atmete schneller, ihre Atmung
wurde unregelmäßiger, bis sie anfing zu stocken und
kurzatmig wurde. Ihr Körper begann zu beben und zu
zucken, sich zu winden und zu strecken. Er hielt ihr Ge-
säß immer noch fest in seinen Händen und seine Zunge
folgte ihrem Rhythmus und begleitete sie durch die Wellen des Glücks, während ihr Körper allmählich zum
Stillstand kam. Er blickte zu ihr hinauf, ihr Gesicht
strahlte in vollkommener Zufriedenheit. In ihren Augen
spiegelte sich ein sanftes Leuchten, als hätte sie in diesem Moment die Essenz des Lebens selbst berührt. Sein
Kopf ruhte auf ihrem linken Oberschenkel, sein Blick ihr
zugewandt. Ihre Hingabe erfüllte ihn mit tiefster Zufriedenheit. In dieser stillen Verbundenheit fanden sie Ruhe
und so schliefen sie ein.

Marios morgenwarme Lippen berührten Elisas Schulter und die Stelle hinter ihrem Ohrläppchen, wie ein
flüchtiger Kuss des Windes, der durch die Baumkronen
strich. Die warmen Sonnenstrahlen, die sich durch den
schmalen Spalt der dichten weißen Vorhänge im Schlafzimmer schlichen, tauchten ihr Gesicht in ein goldenes

Licht. Es war, als ob der Morgen sie mit Vertrautheit begrüßte, die nur in den verborgenen Winkeln der Träume zu finden ist.

Die Welt draußen schien in einem fernen Rauschen zu verschwimmen, während das zarte Streicheln der Sonne ihre Haut erwärmte und sie langsam aus den Tiefen des Schlafes hob.

Sie öffnete die Augen und atmete tief ein, als ob sie den Duft einer unsichtbaren Blume einfangen wollte, die nur in dieser einen vergänglichen Sekunde blühte. Sie nahm noch

einen tiefen Atemzug, die Luft durch ihre Nase einsaugend, und ließ den Duft auf sich wirken.

Es war ein vertrauter Geruch, einer, der Erinnerungen weckte und zugleich das Hier und Jetzt einfing. Ihre Augen folgten unwillkürlich der unsichtbaren Spur, die sich durch den Raum schlängelte. Der Duft des Kaffees, der aus Marios Küche herüberwehte, erfüllte ihre Sinne mit einer warmen, beruhigenden Präsenz. Es war, als ob dieser einfache Moment eine Brücke schlug zwischen dem Vergangenen und dem Gegenwärtigen, zwischen dem, was sie gewesen war, und dem, was sie nun war.

Eingehüllt in eine weiche und warme Decke, folgte sie dem vertrauten Geruch in die Küche, wie ein Schlafwandler, der von einer unsichtbaren Hand geführt wird. Der Duft wurde intensiver, vermischte sich mit der frischen Kühle des Morgens und den leisen Geräuschen des erwachenden Tages.

Als sie die Küche betrat, erblickte sie ihn und das prachtvollste Frühstück, das sie je gesehen hatte.

»Guten Morgen«, sagte sie, und ihr Gesicht spiegelte die erholsame Tiefe ihres Schlafes wider. Ihre Augen leuchteten ruhig und klar, und ein sanftes Lächeln umspielte ihre Lippen.

»Guten Morgen«, erwiderte er und schenkte ihr sein schönstes Lächeln. Es war ein Lächeln, das selten in voller Pracht zu sehen war, reserviert für Momente, die eine besondere Wärme oder Anerkennung verdienten.

»Heute gibt es frisches Gemüse von gestern Abend zum Frühstück«, sagte er grinsend.

Sein Lächeln trug eine Spur von Ironie, als ob er sich über die kleine Paradoxie seiner eigenen Worte amüsierte. Die Morgensonne fiel durch das Fenster und ließ die Reste des Abendessens auf der Küchenplatte in einem neuen Licht erscheinen, als ob sie eine zweite Chance auf Leben bekämen.

Auf dem Tisch lagen Croissants, golden und buttrig, daneben frische Brötchen, die verlockend dufteten. Spiegeleier mit glänzendem Dotter, sorgfältig arrangierter Käse, und zarter Lachs, der im Licht schimmerte. Kleine Schälchen mit Marmelade in leuchtenden Farben, Trauben, die wie Edelsteine wirkten, Orangensaft, dessen frischer Duft den Raum erfüllte und natürlich der unverzichtbare Kaffee.

Es war ein Bild von solch einfacher, aber intensiver Schönheit, dass es ihr den Atem raubte. Sie ließ den Anblick auf sich wirken, spürte die Wärme der Decke, die Geborgenheit und die Freude, die in der Luft lag. Warm eingehüllt, ließ sie sich unaufgefordert auf dem gemütlichen Sofa unter dem Fenster nieder. Es war ein Platz, der ihr scheinbar vertraut war, ein Rückzugsort, der Sicherheit und Geborgenheit bot. Durch das Küchenfenster drang das Licht des frühen Morgens herein, malte spielerische Muster auf den Tisch.

Sie zog die Decke enger um sich und schien ihre weiche Textur auf ihrer Haut zu spüren. Sie atmete tief ein.

Dieser Moment, einfach und unspektakulär, war erfüllt von einer tiefen Zufriedenheit. Es war, als ob die Welt für einen Augenblick innehielt und nur für sie da war.

Mario setzte sich neben ihr aufs Sofa, seinen Arm lässig an die Fensterbank gelehnt. Das Licht des Morgens spielte auf ihrem Gesicht, vermischte sich mit dem Glanz der frühen Stunde. Er beobachtete sie in ihrer morgendlichen Schönheit. Ihre Gesichtszüge waren noch ungehemmt von dem erholsamen Schlaf, ein Spiegelbild der Unberührtheit des Tagesbeginns.

Es war ein Augenblick von außergewöhnlicher Klarheit und Intimität, in dem die Welt draußen langsam erwachte, während drinnen eine fast traumhafte Verbindung zwischen ihnen entstand. Mario ließ seinen Blick über sie gleiten, nahm jede feine Nuance ihres Aussehens in sich auf, und erkannte ihre unerklärliche, aber tiefgründige Schönheit.

»Hast du keinen Hunger?«, fragte sie, während sie in ihr Croissant biss, die Krume knusprig und goldbraun, dessen Aroma von Butter und Teig sich mit dem leichten Duft des Kaffees vermischte.

»Ich möchte dich erstmal anschauen«, antwortete er entrückt.

Er lehnte sich zurück, die Augen auf sie gerichtet, als ob er versuchte, das Bild ihrer Morgenstimmung und die Magie des Augenblicks zu bewahren. Das Licht, das durch das Fenster strömte, schien auf ihr Gesicht zu tanzen und verlieh der Szene einen fast surrealistischen Charakter. In diesem Austausch lag eine unausgesprochene Übereinkunft, eine subtile Intimität, die das Banale in etwas tiefgründig Wunderschönes verwandelte.

»Ich sehe etwas Geheimnisvolles und Zartes in dir«, sagte er, seine Stimme nachdenklich.

Seine Worte waren eine Anerkennung von etwas Tiefem, das er in ihrem Wesen wahrgenommen hatte.

Sein Blick war auf ihre Augen gerichtet, als ob er durch sie hindurchschauen und die verborgenen Schichten ihres Seins ergründen wollte.

In den Momenten, die zwischen ihnen lagen, schien die Zeit langsamer zu vergehen und der Raum war erfüllt von einer fast greifbaren Innigkeit. Es war, als ob seine Worte nicht nur die Oberfläche ihres Äußeren berührten, sondern auch die tiefen, versteckten Ecken ihrer Seele. Als er diese Worte aussprach, nahm sie eine Pose ein, als ob sie sich mitten in einem Fotoshooting befände. Sie brachte ihren Körper in eine theatrale Haltung, die sich mit einer leichten, eleganten Anmut in das Ambiente des Raumes einfügte.

Das Licht, das durch das Fenster fiel, umspielte ihre Gestalt auf eine Weise, die sie fast wie eine Figur aus einem alten, in Schwarzweiß gehaltenen Film erscheinen ließ. Sie drehte leicht den Kopf, ihr Blick war sowohl neugierig als auch rätselhaft, während sie in dieser inszenierten Pose verweilte.

Marios Küche wurde zu einer Bühne, auf der sich sie und das Licht zu einem stimmungsvollen Bild vereinten, das die flüchtige Eleganz des Augenblicks einfing. Es war, als ob ihr Körper in dieser Pose eine verborgene Geschichte erzählte, eine Geschichte, die nur im Spiel des Lichts und der Schatten vollständig zu verstehen war.

»Möchtest du dieses Wochenende bei mir bleiben?«, fragte er erwartungsvoll, seine Stimme trug eine versteckte Sehnsucht.

Sein Blick war auf sie gerichtet, als ob er in den unerforschten Tiefen ihrer Antwort etwas entdecken wollte, das jenseits der Worte lag.

»Ja, sehr gerne«, antwortete sie, ohne zu zögern, ihre Worte schienen wie eine zarte Melodie in die Stille des Moments zu fließen.

In Marios Gesicht erstrahlte die pure Freude, als ob ein Lichtstrahl gerade sein Innerstes durchflutete. Seine Augen funkelten wie zwei leuchtende Sterne am klaren Nachthimmel und sein Lächeln breitete sich aus, als ob es von einer tiefen, unverfälschten Glückseligkeit genährt wurde.

Das Wochenende entfaltete sich wie ein lebendiger Traum. Gemeinsam verbrachten sie Stunden in der Küche, wo der Duft von frisch zubereitetem Essen die Luft erfüllte und die bunten Farben der Zutaten wie ein kleines Fest für die Sinne waren. Sie gingen ins Kino, ließen sich von der Leinwand verzaubern und tauchten in Geschichten ein, die ihre eigene Realität für einen Moment vergessen ließen.

Ein Ausflug ins Siebengebirge führte sie durch Hügel und dichte, nackte Wälder, wo die Natur in einem beinahe meditativen Rhythmus vor sich hin pulsierte.

An diesem Wochenende, zwischen den einfachen Freuden des Alltags und den kleinen Abenteuern, entstand eine Verbindung, die sich wie ein unsichtbares Band zwischen ihnen spannte und ihren Erinnerungsspeicher mit einer tiefen, anhaltenden Wärme auffüllte.

So vergingen die Tage und Wochen, wie die unaufhörliche Strömung eines Flusses, der durch die Landschaft fließt. Die Zeit schien sich in einem beinahe hypnotischen Rhythmus zu bewegen, während sie einander immer häufiger begegneten und sich in den Wogen gemeinsamer Stunden verloren.

Jeder Tag brachte neue Augenblicke, die wie kleine, funkelnde Juwelen in ihrem gemeinsamen Erleben leuchteten. Sie teilten innige Gespräche bei Kerzenschein, lachten über kleine Alltagsbeobachtungen und fanden Trost in den ungesagten Verbindungen, die zwischen ihnen wuchsen. Es waren die einfachen, unauffälligen Momente – ein gemeinsames Frühstück, ein Spaziergang durch den Wald, gemeinsames Kochen – die sich wie Perlen an einer unsichtbaren Schnur aufreihten und ihre Tage miteinander verknüpften. Oft lagen sie umwickelt, wie zwei verschlungene Wurzeln eines alten Baumes, die sich in einer stillen Umarmung vereinten. Ihre Körper fanden sich in einem vertrauten, beinahe symbiotischen Einklang, als ob sie die subtilen Bewegungen und das leise Atmen des anderen in den tiefsten Ecken ihrer Seelen spürten.

5

Die Wochen flossen dahin, getragen von der Schönheit ihrer gemeinsamen Erfahrungen, die jeden Tag ein wenig heller und bedeutungsvoller machten.

Es war mittlerweile ein halbes Jahr vergangen seit jener flüchtigen Begegnung im Café, in dem sie sich zum ersten Mal gegenübergestanden hatten. Die Tage waren zu Wochen und die Wochen zu Monaten geworden. Die Erinnerungen waren noch präsent, als wären sie Teil eines Traums, der sich langsam in den Falten der Realität entblätterte.

Eines Abends im Mai, als die Luft von einem süßen Duft nach Frühlingsblüten erfüllt war, frage sie ihn: „Möchtest du mit mir für ein paar Tage wegfahren?"

Es war eine Frage, die nach einer tieferen Verbindung suchte – einem gemeinsamen Abenteuer, das die Zwischenräume ihrer Beziehung noch weiter ausfüllen könnte.

Er sah sie an und ein Lächeln breitete sich auf seinen Lippen aus, als er die Bedeutung ihrer Frage erfasste.

»Nichts lieber als das, meine Liebste«, sagte er und seine Stimme trug einen fast träumerischen Charakter, die in der warmen Abendluft verweilte. Die Worte schienen ein tiefes Gefühl der Vertrautheit und Zuneigung in sein Inneres zu transportierten.

Elisa buchte vier Nächte in einem charmanten, malerischen Ort an der Mosel, einem Ort, der wie aus einem verträumten Postkartenmotiv entsprungen schien. Der Aufenthalt dort wurde zu einer Zeit, in der sie sich eng miteinander verbunden fühlten, als ob das Flair des Ortes sie in eine hypnotische Harmonie hüllte.

Jeden Tag schien die Zeit in diesem kleinen Paradies langsamer zu vergehen. Sie erkundeten die verwinkelten Gassen, ließen sich durch die engen Pfade treiben, deren Kopfsteinpflaster Geschichten aus längst vergangenen Tagen zu erzählen schienen. Gemeinsam genossen sie die Pracht der steilen Weinberge, wo die Reben in ordentlichen Reihen standen, wie Zeugen der Geschichte und der sorgsamen Hand des Menschen. Die Hügellandschaft breitete sich um sie herum aus, wie ein Gemälde, das in warmen Farben getaucht war. Am Fluss angekommen, ließen sie sich von der Strömung des Wassers mitreißen, das unermüdlich und doch gelassen sein altes Lied sang. Es war, als ob jede Flussbiegung sie tiefer in eine Welt der Ruhe und Reflexion zog, weit entfernt von der Hektik ihres alltäglichen Lebens.

Am vorletzten Tag, als die Sonne sich über die Weinberge neigte und die Luft von einem warmen, goldenen Licht durchzogen war, beschlossen sie, den höchsten Gipfel des Ortes zu erklimmen. Der Aufstieg war wie eine meditative Reise, bei der jeder Schritt sie tiefer in die umgebende Natur und ihre eigenen Gedanken führte.

Plötzlich blieb Mario stehen und ein verblüfftes Staunen legte sich über sein Gesicht

»Schau dir mal die Ameisen hier an, wie groß sie sind!«, sagte er, seine Stimme war eine Mischung aus Kindlichkeit und Entdeckungslust.

Sein Blick war auf die Ameisen gerichtet, die sich in unaufhörlicher Geschäftigkeit über den Boden bewegten, und in seinen Augen lag ein untrüglicher Funke der Entdeckungsgeiste. Elisa verharrte hinter ihm, ihre Gedanken schienen in einer anderen Dimension zu schweben.

»Jetzt gehe weiter!«, entgegnete sie mit einem Ton, der bestimmt war.

Ihre Worte waren wie eine klare Trennungslinie zwischen dem Staunen und dem alltäglichen Fluss, zwischen dem Jetzt und dem unaufhörlichen Vorwärtsdrang. Der Satz hallte in ihm nach wie ein durchdringender Klang, der sich tief in sein Herz eingrub. Er fühlte sich verletzt von der abrupten Abweisung seiner Entdeckung.

Oben angekommen, staunten sie über die weite und atemberaubende Aussicht über die Mosel. Der Fluss schlängelte sich wie ein silbernes Band durch die Landschaft, die Weinberge und Dörfer lagen verstreut wie in einem alten Gemälde. Die Sonne tauchte alles in ein goldenes Licht, um die unermessliche Schönheit dieses Ortes zu feiern.

Doch trotz der überwältigenden Pracht des Gipfels hallte Elisas Satz in seinen Gedanken immer noch nach. »Jetzt gehe weiter!« Die Worte, so einfach und direkt, hatten sich tief in sein Bewusstsein eingebrannt, als ob sie einen unsichtbaren Riss in seiner Freude hinterlassen hätten.

Während sie nebeneinanderstanden und die Aussicht genossen, fühlte er den Stich ihrer Worte, die seine Wahrnehmung trübten. Ihr Gesagtes wiederholte sich in seinem Kopf wie ein hartnäckiges Echo. Er fragte sich, warum diese wenigen Worte ihn so verletzt hatten, warum sie wie ein Schatten über den ansonsten perfekten Tag gefallen waren.

Die Schönheit der Mosel, die friedliche Weite, konnte die leise Traurigkeit nicht völlig vertreiben, die in seinem Inneren nachklang.

Als sie zurückkehrten, machten sie sich auf eine Weißweinverkostungsreise durch die malerischen Gassen des Ortes auf. Die alten, kopfsteingepflasterten Straßen und die historischen Gebäude schienen ihnen die Geschichten aus längst vergangenen Zeiten anzuvertrauen.

In den gemütlichen Weinstuben probierten sie verschiedene Weißweine, jeder mit seinem eigenen, unverwechselbaren Charakter. Die zarten Aromen und die feinen Nuancen der Weine spiegelten die Seele der Region wider, und jeder Schluck schien ein kleines Geheimnis zu enthüllen.

Während ihrer Reise trafen sie auf ein weiteres Paar, mit dem sie sich sofort gut verstanden. Die Gespräche flossen leicht und unbeschwert, begleitet von dem Klingen der Weingläser und dem Murmeln der Umgebung. Es war eine Verbindung, die durch die geteilten Augenblicke entstand.

Den schönen Tag schlossen sie mit einem Abendessen ab, in einem kleinen Restaurant, dessen Fenster zur Mosel hin geöffnet waren. Das Rauschen des Flusses und das Murmeln der Stimmen um sie herum bildeten eine friedliche Klangkulisse. Die Gerichte, die vor ihnen aufgetischt wurden, waren ebenso kunstvoll wie die Weine, die sie gekostet hatten und jeder Bissen war eine neue Entdeckung, eine neue Freude.

In diesem goldenen Abendlicht, eingehüllt in die Wärme des Weins und die Leichtigkeit der Gespräche, schien der der Schmerz zu verhallen. Es war ein Tag, der sich tief in ihrem Gedächtnis einprägte, ein Tag, an dem die Zeit ihre Bedeutung verlor und sie sich ganz dem Hier und Jetzt hingaben.

Der Sommer schritt voran in seinem unaufhaltsamen Tempo, die Tage wurden kürzer und die warmen Abende begannen, herbstlicher Kühle zu weichen. Die Erinnerungen an die gemeinsamen Erlebnisse, die sie in den vergangenen Monaten geteilt hatten, schienen in diesem schwindenden Licht noch intensiver und doch vergänglicher zu werden.

Elisa verbrachte ihren längst geplanten Urlaub auf Mallorca, während Mario für ein paar Tage die kühle, salzige Luft der Nordsee in den Niederlanden schnupperte. Die beiden Orte, so unterschiedlich sie auch waren, schienen durch ihre Verbindung miteinander verknüpft. Während Elisa sich von der mediterranen Sonne küssen ließ und die Zeit zwischen den blauen Wellen und den goldenen Stränden verstreichen sah, fand er seine eigenen Momente des stillen Innehaltens am rauen Ufer der Nordsee. Die niederländischen Strände waren weit und leer, die Wellen rollten rhythmisch an den Sand, ein lautes Rauschen, das eine Sehnsucht in ihm verbreitete. Er schlenderte entlang der Küste, atmete tief die frische, klare Luft ein, und ließ seine Gedanken frei schweifen. Die Weite des Himmels und die Farben des Abendhimmels, die sich nahtlos vom Blau ins Indigo gossen, schienen ihm eine Antwort auf die Fragen zu geben, die er in sich trug. Jedes Mal, wenn er den Blick gen Himmel richtete, fühlte er, wie die Farbübergänge langsam seine Zweifel und Unsicherheiten auflösten. Das Universum selbst schien ihm zur Seite zu stehen, in einem Dialog, der so alt war wie die Zeit selbst.

In den einsamen Stunden des Tages, wenn die Sonne ihren Glanz über das Meer schickte und die Landschaft in Pastelltöne tauchte, dachte er an Elisa. Er stellte sich vor, wie sie sich in der Wärme und dem Licht Mallorcas verlor, wie ihre Augen die Schönheit des Mittelmeers erfassten. Und obwohl sie sich räumlich trennten, fühlte es sich so an, als ob die Gedanken und Empfindungen, die sie verbanden, einen geheimen Weg zwischen den beiden Orten gefunden hatten. Der Kontrast zwischen den mediterranen Farben und den kühlen, nordeuropäischen Tönen schien ihm zu einem tieferen Verständnis seiner eigenen Sehnsüchte und Träume zu führen. Während er durch den feinen Sand der Nordsee schritt und die kühle Brise sein Gesicht streifte, wusste er, dass ihre getrennten Reisen sie auf ihre eigene Art näher zusammenbrachten. Sie fehlte ihm. Es war nicht nur das Fehlen ihrer physischen Anwesenheit, sondern eine tiefe, emotionale Leere, die sich durch die tausende von Kilometer, die sie trennten, noch verstärkte. Es war, als ob die Entfernung eine unsichtbare Kette zwischen ihnen gespannt hatte, die bei jeder Bewegung, bei jedem Gedanken an sie, schmerzlich zog.

Er konnte ihren Duft in der salzigen Nordseeluft fast riechen, ihre Stimme im Rauschen der Wellen hören. Die Erinnerungen an ihre gemeinsame Zeit flackerten wie kurze Filmszenen vor seinem inneren Auge auf, jedes Detail lebendig und doch unerreichbar fern. Diese Sehnsucht brachte eine neue Dimension der Verbundenheit in sein Leben, eine tiefere Erkenntnis der Bedeutung, die sie für ihn hatte.

Wenn er allein am Ufer saß und die unendliche Weite des Meeres betrachtete, fühlte er diese Sehnsucht wie einen stillen Begleiter. Sie war ein ständiger, leiser Hintergrundton, ein Lied, das ihn daran erinnerte, wie sehr er sie vermisste und wie stark seine Gefühle für sie waren.

Diese neue Sehnsucht formte seine Gedanken und seine Träume, sie ließ ihn ihre Abwesenheit auf eine Weise spüren, die schmerzlich und doch zugleich tröstlich war. Denn sie machte ihm bewusst, wie tief ihre Verbindung wirklich war, eine Verbindung, die keine Distanz trennen konnte, eine Sehnsucht, die ihre Liebe in einem neuen, intensiveren Licht erstrahlen ließ.

An jenem Abend saß er allein am Strand, die Augen auf die sinkende Sonne gerichtet, die das Meer in ein flammendes Spektakel tauchte. Die Stille um ihn herum wurde nur vom Rauschen der Wellen und dem gelegentlichen Schrei einer Möwe unterbrochen. Dann, unerwartet, durchbrach das Vibrieren seines Handys die meditative Ruhe – ein abrupter Ruf zurück in die Realität.

Mit zögernder Hand griff er in die Tiefe seiner Hosentasche, von einer seltsamen Mischung aus Freude und Befürchtung ergriffen. Die Möglichkeit, dass es Elisa sein könnte, ließ sein Herz schneller schlagen, doch die Angst, es könnte Anna sein, legte sich wie ein schwerer Schatten darüber. Er entsperrte das Display und öffnete die Nachricht, sein Atem hielt kurz inne, während er darauf wartete, zu sehen, welches Gesicht ihm das Schicksal diesmal zeigen würde.

»Eine E–Mail von Elisa«, rief er aus.

Mit einer Mischung aus Aufregung und stiller Neugier öffnete er die E-Mail. Die Worte flossen wie ein unsichtbarer Strom in ihn hinein. Jede Zeile entfaltete sich wie ein Rätsel, das er mit vorsichtiger Begeisterung entschlüsselte. Während er las, vergaß er die Welt um sich herum, als wäre er in einen verborgenen Raum gezogen worden, in dem nur er und diese E-Mail existierten.

»Liebster Mario,

Es ist schwer zu glauben, dass schon ein halbes Jahr seit unserem ersten flüchtigen Treffen im Café vergangen ist. Die Zeit scheint sich schon über die Erinnerungen gelegt zu haben, die wir in jenem kurzen Augenblick miteinander teilten. Jedes Mal, wenn ich hier ein Café betrete, hoffe ich inständig, dich dort wiederzufinden, an unserem kleinen Tisch, mit deinem tiefgründigen Blick und dem Lächeln, das so viel verspricht.

Ich erinnere mich noch genau, wie die Sonne dein Gesicht erleuchtete und wie du über deine Tasse Kaffee gebeugt, mir Geschichten erzähltest, die ich nie zuvor gehört hatte. Es war, als hätten sich unsere Seelen für einen kurzen, magischen Moment verbunden, bevor wir wieder in unsere getrennten Welten eintauchten. Ich frage mich oft, ob du jenen Tag genauso erinnerst wie ich.

Bitte sag mir, dass du dich auch an diesen Tag erinnerst. Sag mir, dass es nicht nur eine flüchtige Begegnung für dich war. Sag mir, dass ich nicht allein bin in meinen Gedanken und Gefühlen.

Während ich hier am Strand liege, fühle ich die Wärme der Sonnenstrahlen, die jede Zelle meines Körpers mit Licht und Leben füllen. Unter mir der feine, goldene Sand, über mir eine Brise, die den salzigen Duft des Wassers und das Rauschen der Wellen zu mir trägt. Die Geräusche des Strandes, das entfernte Lachen und die Gespräche der anderen Urlauber verschmelzen zu einem beruhigenden Hintergrund, der meine Gedanken umhüllt.

Mit geschlossenen Augen lasse ich die Sonne über meine Haut gleiten und spüre, wie sie meinen Körper langsam mit einem wohligen Gefühl erfüllt. Die Tage hier auf Mallorca schenken mir eine tiefe Ruhe, ein Innehalten, das ich schon lange nicht mehr gefühlt hatte.

In diesen Momenten der Entspannung denke ich oft an dich, an unsere Gespräche und die Augenblicke, die wir miteinander geteilt haben. Die Distanz zwischen uns scheint manchmal bedeutungslos, als könnte die Sonne, die uns beide berührt, eine Brücke zwischen unseren Welten schlagen.

Ich habe hier neue Bekanntschaften gemacht, besonders abends in den Bars, wo ich in die lebhaften Geschichten und Schicksale eintauche. Jede Bar ist ein kleines Universum, gefüllt mit Erwartungen und Hoffnungen, und ich lasse mich gerne von diesen Begegnungen überraschen.

Diese nächtlichen Begegnungen geben mir das Gefühl, eines unsichtbaren Netzes von Geschichten und Erfahrungen, dass die Menschen miteinander verbinden. Es ist ein Kontrast zu den introspektiven Momenten am Strand, eine Balance, die mir hilft, die Einsamkeit und die Gemeinschaft gleichermaßen zu schätzen.

Bald werde ich zurückkehren, und während ich dir diese E-Mail schreibe und meine Sachen packe, wächst die Vorfreude in mir. Die Sonne, die durch das Fenster meines Hotelzimmers scheint, erinnert mich daran, wie vergänglich diese Tage sind. Ich freue mich darauf, dich bald wiederzusehen, deine Umarmung zu spüren und all die kleinen Dinge mit dir zu teilen, die ich erlebt habe.

Mit all meiner Liebe und dem Licht der Mittelmeersonne, Deine Elisa«

Der lange digitale Brief breitete sich vor ihm aus, wie ein endloser Horizont aus Worten. Während er die Zeilen las, spürte er, wie eine unerwartete Ruhe in ihm wuchs, als hätte jemand eine Hand sanft auf seine Schulter gelegt. Die Worte hatten eine seltsame, fast greifbare Substanz, die sich tief in seinem Inneren verankerte. Mit jeder weiteren Zeile fühlte er, wie sich ein Knoten in ihm löste, als ob der Brief ihm eine Brücke baute, die ihn sicher über die unsteten Gewässer seiner Gedanken führte.

Dieses Gefühl der Zuversicht, so selten und doch so dringend gebraucht, wuchs mit jedem Satz, als ob der Brief ihm zuflüsterte, dass alles, was kommen würde, bereits in den Buchstaben verborgen lag.

Nachdem er ein letztes Mal den Blick über den weiten Horizont schweifen ließ, verabschiedete er sich von dem Strand und dem Meer, als würde er sich von alten Freunden trennen. Die Wellen, die an dem Ufer schlugen, schienen seine Gedanken mit sich fortzutragen, weit hinaus in die Unendlichkeit. Er atmete tief die salzige Luft ein, ließ die vertraute Stille des Ortes noch einmal in sich nachklingen, bevor er sich abwandte und zum Auto ging. Er drehte den Schlüssel und der Motor erwachte mit einem leisen Summen.

Die Straße zog unter ihm vorbei und der Wind, der durch das offene Fenster hereinströmte, trug den salzigen Geruch des Meeres mit sich, als ob er eine letzte Erinnerung an die vergangenen Tage bewahren wollte. Der Gedanke an Elisa tauchte plötzlich in seinem Geist auf, wie ein Lichtschein, der durch das dichte Laub eines Waldes bricht. Er freute sich darauf, sie morgen wiederzusehen, als wäre sie der Anker, der ihn mit der Wirklichkeit verband.

Endlich zu Hause angekommen, hielt er für einen Moment inne, die Hand noch auf dem Türgriff.

Das Einzige, woran er nach der langen Autofahrt dachte, war der einfache Wunsch, die Müdigkeit der langen Autofahrt sich unter der Dusche wie eine alte Haut abzustreifen und sich anschließend ins Bett zu legen.

»Guten Abend, mein Liebster. Ich bin wohlbehalten gelandet und liege bereits in meinem Bett. Ich freue mich, dich morgen früh bei mir begrüßen zu dürfen und auf deine langersehnte Umarmung«, schrieb sie ihm noch, bevor ihr die Augen zufielen.

Marios Augen waren bereits geschlossen, und sein Körper ruhte im Schlaf. Die tiefen Atemzüge des nächtlichen Friedens umhüllten ihn, während die Stadt um ihn herum in Dunkelheit gehüllt war. Ihre Nachricht, voller Vorfreude, wartete geduldig in seinem Handy.

Erst am nächsten Morgen, als die ersten Sonnenstrahlen zaghaft durch die Vorhänge seines Zimmers drangen und ihn weckten, griff er nach dem Handy. Seine Finger berührten den Bildschirm, und die vertraute Welt der Nachrichten und Verbindungen erwachte zum Leben.

Dort, zwischen den alltäglichen Benachrichtigungen und Erinnerungen, fand er ihre Nachricht, die vergangene Nacht in seinem Handy geschlummert hatte. Ein Lächeln huschte über sein Gesicht, als er ihre Worte las.

Die Müdigkeit der Nacht wich einer warmen Freude, die sein Herz erfüllte. Er stellte sich vor, wie sie diese Worte geschrieben hatte, kurz bevor der Schlaf sie übermannte, und spürte die Nähe, die in diesen Zeilen lag. Es war, als ob sie in diesem Moment bei ihm wäre, als ob die Distanz, die sie getrennt hatte, sich in Luft aufgelöst hätte. Er setzte sich auf und las die Nachricht noch einmal, langsam, als wolle er jeden Buchstaben in sich aufnehmen.

Die Vorfreude auf das Wiedersehen pulsierte in seinen

Adern in einen beständigen Rhythmus, der ihn durch den Morgen trug. Er konnte das Lächeln auf ihren Lippen förmlich sehen, die Wärme in ihren Augen spüren. Er antwortete ihr mit einer Nachricht, voller Zuneigung und Vorfreude und drückte damit das aus, was Worte nur unzureichend fassen konnten. Dann stand er auf, bereitete sich auf den Tag vor, und während er dies tat, trug er die Gewissheit in sich, dass sie bald wieder zusammen sein würden.

Die Stunde bis zu ihrem Wiedersehen war nun nur noch ein flüchtiger Übergang, ein kurzer Moment in der unaufhaltsamen Bewegung der Zeit. Und in jedem dieser Augenblicke lag die Freude des Erwartens, die sie beide verband und ihnen zeigte, wie kostbar jede Sekunde ihrer gemeinsamen Zeit war.

Als er vor ihrer Tür stand, zögerte er nicht und drückte fest auf den Knopf neben ihrem Namen. Der Klang der Klingel durchdrang die Stille des Treppenhauses, ein Signal, das ihre bevorstehende Begegnung ankündigte. Sein Herz schlug schneller, ein erwartungsvolles Pochen, das sich durch seinen ganzen Körper ausbreitete. Er stellte sich vor, wie sie drinnen, nur einen Moment entfernt, das vertraute Summen der Klingel hört, wie ihr Herz einen Schlag aussetzte und sie zur Tür rannte, ihre Schritte leicht und voller Vorfreude. Ohne zu zögern, sprang sie ihn an, umklammerte ihn mit ihren Beinen, ihre Arme fest um seinen Hals geschlungen. Die lange Zeit der Trennung löste sich in diesem Augenblick auf, verschwand in der Intensität seiner Umarmung. Er spürte die Wärme ihres Körpers und ein Gefühl tiefer

Zufriedenheit durchflutete ihn.

Er hielt sie fest, ihre Nähe erfüllte ihn mit einer Glückseligkeit, die er in den Tagen der Trennung so sehr vermisst hatte. Ihre Umarmung war wie ein Sommersturm, der alle Gedanken an die vergangenen einsamen Nächte hinwegfegte. Er spürte ihren Atem an seinem Hals, die Berührung ihrer Haare, die gegen sein Gesicht wehten. In dieser innigen Umarmung, in der Verschmelzung ihrer Körper, war jede Sekunde ein Ausdruck dessen, was Worte nicht sagen konnten. Er wusste, dass dieser Augenblick alles bedeutete, dass er das Versprechen trug, das sie sich gegeben hatten – die Freude des Wiedersehens, das Feiern ihrer gemeinsamen Zeit, die Unausweichlichkeit ihrer Verbindung. In dieser Umarmung, in dem tiefen, wortlosen Verstehen, fand er die Antwort auf all die Fragen, die in den Nächten der Trennung aufgetaucht waren. Es war ein Moment der Vollendung, ein Beweis für die Stärke ihrer Gefühle und die Tiefe ihrer Zuneigung.

Langsam, fast widerwillig, setzte sie ihre Füße wieder auf den Boden, doch ihre Hände blieben fest in seinen verschlungen. Sie sahen sich in die Augen, und in diesem Blick lag die Welt – all die Erlebnisse, die sie geteilt hatten, all die Träume, die noch vor ihnen lagen. In der stillen Tiefe ihrer Verbindung wussten sie, dass sie sie das, was sie hatten, nie loslassen würden.

Gemeinsam bereiteten sie das Frühstück vor. Die Sonne strahlte durch die Fenster und tauchte die Küche in ein helles Licht, das auf den glänzenden Oberflächen der Möbel de den Raum füllten, tanzte. Mario brachte frische Brötchen mit, die er auf dem Weg zu ihr gekauft hatte. Der Duft von gebackenem Teig erfüllte den Raum und mischte sich mit dem Aroma von frisch gemahlenem Kaffee.

Orangensaft, frisch gepresst und leuchtend orange, stand bereit. Die Trauben waren makellos, jede Beere ein kleines Kunstwerk der Natur, glänzend und prall. Eine Auswahl an Nüssen, sorgfältig arrangiert in einer Schale, bot eine erdige Note zu dem Ensemble.

Marios Designereier – eine spezielle Zubereitung, die nur er perfekt beherrschte – lagen in der Pfanne.

Elisa lächelte, als sie das letzte Detail hinzufügte: eine Auswahl an Marmeladen, die sie selbst gekocht hatte, jede Sorte ein kleines Glas gefüllter Erinnerungen und Aromen. Der Käse, in dünne Scheiben geschnitten und kunstvoll drapiert, komplettierte das Bild.

Der Tisch auf Elisas Terrasse, direkt neben dem Swimmingpool, war gedeckt. Das leise Plätschern des Wassers und das Zwitschern der Vögel bildeten die Hintergrundmusik zu ihrem morgendlichen Ritual. Das Grün der umliegenden Pflanzen, das Blaue des Pools und das sanfte Weiß des Tischgedecks verschmolzen zu einer harmonischen Szenerie, die die Ruhe und den Frieden ihrer Zweisamkeit widerspiegelte. Sie setzten sich, ihre Beine streiften sich unter dem Tisch, und für einen Moment hielten sie inne, genossen die Anwesenheit des anderen. Mario reichte ihr die frischen Brötchen, und sie lächelte ihm zu, ein beidseitiges Einverständnis. Er saß sehr gerne neben ihr und stand deshalb auf, nahm seinen Stuhl und stellte ihn direkt neben ihren. Er legte seine

Lippen auf die ihren und schob ihr eine Traubenbeere zwischen die Lippen. Gemeinsam griffen sie nach den Leckereien, teilten sich das Frühstück, jede Beere, jeder Bissen, war ein Ausdruck ihrer tiefen Verbundenheit.

Gestärkt und ausgeruht machte sie einen Spaziergang um den See. Die Luft war klar und frisch, durchdrungen vom Duft der Bäume und dem feuchten Hauch des Wassers. Jeder Schritt war ein Moment des Friedens, ein Auf und Ab, das sie in einen ruhigen Rhythmus versetzte. Der See lag da, wie ein Spiegel, der die Natur um sich herum reflektierte. Die Vögel zwitscherten leise in den Ästen und ab und zu durchbrach das Plätschern eines springenden Fisches die Stille.
Sie ging langsam, ließ ihre Gedanken treiben, ungestört von den alltäglichen Sorgen. Ihre Augen wanderten über die Wellen und über das dichte Grün der Bäume, das sich im Wasser spiegelte. Es war, als ob die Natur selbst ein tiefes, beruhigendes Lied sang, das nur für sie bestimmt war. Während sie so dahinschritt, fühlte sie eine tiefe Verbundenheit mit der Umgebung, eine Resonanz, die sich in ihrer Ruhe einhüllte. Die Zeit schien langsamer zu vergehen, jeder Moment dehnte sich aus und füllte sich mit einer stillen, fast greifbaren Schönheit. Sie ließ ihre Hand leicht über das hohe Gras am Ufer streichen, spürte die Textur der Blätter und die feine Nässe, die vom See herüberwehte. In diesen einfachen Berührungen fand sie eine tiefe Befriedigung, eine Art meditative Ruhe. Der Weg führte sie weiter, vorbei an alten, knorrigen Bäumen, deren Wurzeln sich wie kunstvolle Skulpturen aus dem Boden erhoben. Sie blieb stehen, betrachtete die Muster und Linien, die die Zeit und die Natur in das Holz gezeichnet hatten.

Die Art und Weise, wie der Autor seine Worte auf das Papier zauberte, berührte sie zutiefst. In seinen Sätzen fand sie eine geheimnisvolle Schönheit, die sie in eine andere Welt entführte. Die Liebesgeschichte, die er erzählte, war ein Wirbel aus Hingabe und Leidenschaft, der sie mit sich riss, wie ein nächtlicher Sturm, der unerwartet über das Meer fegt. Sie verlor sich in den Zeilen, tauchte ein in die Tiefen der Gefühle und ließ sich treiben, getragen von der Intensität der erzählten Liebe. In dieser Geschichte fand sie nicht nur die Figuren, sondern auch ein Stück von sich selbst.

Sie spürte, wie ihre Schreibblockade sie allmählich verließ und ihr Geist sich öffnete. Es war ein subtiler Moment, kaum merklich, wie das langsame Aufgehen einer Blume im ersten Licht des Morgens. Plötzlich flossen die Worte, als ob ein unsichtbarer Damm gebrochen war und die Ideen strömten frei und ungehindert in ihr Bewusstsein. Ihr Atem wurde ruhiger, tiefer und die Last, die auf ihren Schultern gelegen hatte, löste sich auf.

Die Welt um sie herum schien in den Hintergrund zu treten. Sie griff in ihre Tasche und zog ihr Schreibheft heraus, ein schlichtes, abgenutztes Ding, das schon so viele ihrer Gedanken und Träume in sich aufgesogen hatte. Mit einem leisen Rascheln schlug sie es auf und begann, sich Notizen zu machen. Ihre Hand bewegte sich wie von selbst über das Papier, als ob die Worte schon immer da gewesen wären, nur darauf wartend, freigelassen zu werden.

Während sie schrieb, schien die Welt um sie herum zu verschwimmen, die Geräusche der Natur wurden gedämpft und unwirklich. sie tauchte in eine andere Dimension ein, eine Welt aus Tinte und Papier, wo ihre Gedanken frei und

ungehindert fließen konnten. Es war ein Zustand tiefer Medi-
tation, wo nur noch sie und ihre Gedanken existierten. Das
leere Blatt vor ihr füllte sich allmählich mit Sätzen, die sich
wie von selbst formten, als ob ihre Finger von einer unsichtba-
ren Kraft geleitet wurden. Jeder Buchstabe, jede Zeile, war ein
Ausdruck ihrer neu gefundenen Freiheit.

Die Bilder in ihrem Kopf wurden klarer, schärfer und sie
konnte sie mit einer Leichtigkeit zu Papier bringen, die sie
lange nicht mehr gespürt hatte. Figuren und Szenen, die zu-
vor nur vage Schatten gewesen waren, nahmen Gestalt an,
lebten und atmeten in den Worten, die sie schrieb. sie lächelte
leise vor sich hin. Es war ein Gefühl tiefer Befriedigung, diese
lange ersehnte Befreiung. Sie wusste, dass solche Momente
flüchtig waren, kostbare Juwelen im oft rauen und steinigen
Gelände des kreativen Prozesses. Doch jetzt, in diesem Augen-
blick, genoss sie die beruhigende Gewissheit, dass ihre Blo-
ckade überwunden war. Ihr Geist war weit und offen, bereit,
neue Welten zu erschaffen, neue Geschichten zu erzählen. In
dieser Freiheit fand sie Freude und tiefe Dankbarkeit für die
Wiederkehr ihrer Inspiration. Und während sie weiterschrieb,
fühlte sie sich beflügelt, leicht und unbeschwert, getragen von
den Flügeln ihrer wiedergefundenen Kreativität.

Ohne es zu bemerken, war drei Stunden vergangen. Die
Zeit schien sich in Luft aufzulösen, als wäre sie von einem
sanften Windstoß fortgetragen worden. Der Stift, den sie im-
mer noch fest in der Hand hielt, war zu einem vertrauten Be-
gleiter geworden, eine stumme Verlängerung ihrer Gedanken.
Sie saß da, angelehnt an den Baum, eingetaucht in die fließen-
den Ströme ihrer eigenen Worte, während die Welt um sie
herum weiterging, als ob nichts geschehen wäre. Sie existierte

in einer Blase, getrennt von der Realität, in einem Raum, der nur ihr und ihren Gedanken gehörte.

Sie legte den Stift und das Papier behutsam zur Seite, als würde sie einen zerbrechlichen Schatz ablegen. Mit einer sanften Bewegung griff sie in ihre Tasche und holte das Manuskript hervor, das bereits leicht abgegriffen war und dessen Seiten von unzähligen Berührungen zeugten. Sie schlug es auf und begann weiterzulesen, ihre Augen glitten über die Zeilen, die voller Hingabe, Leidenschaft und die ahnenden Geheimnisse waren. Jeder Satz zog sie tiefer in die Welt der Geschichte, die sich vor ihr entfaltete, wie eine geheimnisvolle Melodie, die sie unwiderstehlich in ihren Bann zog.

6

Langsam begann die Natur, ihren goldbraunen Schleier über die Welt zu legen. Die Bäume, einst in einem üppigen Grün getaucht, trugen nun die warmen, erdigen Töne des Herbstes. Die Sonne schickte ihre Strahlen durch die sich verfärbenden Blätter, die im Wind wie geduldige Tänzer umherwirbelten.

Der Herbst schritt unaufhaltsam voran, seine Farben breiteten sich aus wie ein feiner, weicher Pinselstrich über eine Leinwand. In dieser ruhigen, fast melancholischen Zeit schien auch die Liebe zwischen Elisa und Mario zu reifen. Ihre Beziehung festigte sich, wie der Boden unter den gefallenen Blättern, der sich nach den ersten kalten Nächten immer mehr setzte und verdichtete.

Das Vertrauen zwischen ihnen wuchs, langsam und stetig, als ob es sich ebenso behutsam und bedächtig entfaltete, wie die Jahreszeit selbst. Die Momente, die er mit ihr teilte, wurden tiefgründiger, die Gespräche intimer.

In den kleinen Gesten, den gemeinsamen Augenblicken und den ungesagten Worten lag eine unmissverständliche Bestätigung ihrer Verbindung. Der Herbst veränderte nicht nur die Welt um sie herum, sondern brachte auch eine neue Dimension in ihre Beziehung ein.

Die Stille des herbstlichen Abends, die kühle Luft, die von fernen Erinnerungen flüsterte – all das trug dazu bei, dass ihre Liebe sich verfestigte, auf eine Weise, die sie sich vorher nicht hätten vorstellen können. Der Rhythmus der Jahreszeit spiegelte sich in ihrem Zusammenleben wider und mit jedem Tag, der verging, wuchs das Gefühl der Zugehörigkeit und des Vertrauens. Der Herbst war nicht nur eine Zeit des Wandels in der Natur, sondern auch in ihrem Herzen, wo sich eine tiefere, dauerhafte Bindung festigte, umgeben von den goldenen Tönen der Jahreszeit.

»Guten Morgen, meine Liebste«, sagte er flüsternd.

»Ich bin verliebt Elisa. In dich«, sagte er leise, während sie, ihm zugewandt, in seinem Bett lag.

Die Worte schwebten durch den Raum, eine ehrliche Melodie im Morgenlicht. Ihre Augen waren geschlossen, aber ein Lächeln spielte um ihre Lippen, wie ein stiller Tanz der Zufriedenheit.

Sie öffnete langsam die Augen, die Welt um sie herum schien sich für einen Moment nur auf diesen Augenblick zu konzentrieren. Ihre Blicke trafen sich, und als ob die Zeit sich in diesem kurzen Augenblick dehnen würde, wiederholte er die Worte mit der gleichen tiefen, unveränderten Ehrfurcht.: »Ich bin verliebt Elisa. In dich.«

Die Leichtigkeit der Liebe, die zwischen ihnen schwebte, war wie die Berührung eines Sommerwinds, der durch ein offenes Fenster wehte. Sie sagte nichts, sondern schenkte ihm stattdessen einen tiefsinnigen Kuss. Es war ein Kuss, der alles ausdrückte, was Worte nicht zu fassen vermochten.

Die Welt um sie herum verblasste, wurde zu einem fernen, unscharfen Hintergrund. Sie schloss die Augen und ließ sich in die Wärme und das Vertrauen dieses Augenblicks fallen. Seine Lippen auf ihren trugen eine beruhigende Sicherheit, die alle Zweifel und Ängste vertrieb.

Während er sie küsste, fühlte er eine unerschütterliche Verbindung zwischen ihnen, eine, die über das Hier und Jetzt hinausging. Die Geborgenheit, die er ihr schenkte, war tief und echt. In der Stille dieses Augenblicks fand er den Frieden, nach dem er sich so lange gesehnt hatte.

»In was genau an mir hast du dich verliebt?«, fragte sie.

Ihre Stimme war fast wie ein Flüstern im Dunkeln.

Er zögerte einen Moment, seine Gedanken suchten nach den richtigen Worten. Seine Augen ruhten auf ihr, als ob er in ihnen die Antwort finden könnte. Dann, mit einer tiefen Ruhe, antwortete er: »In so vieles, dass ich es kaum in Worte fassen kann. In dein Lachen, das wie Musik in meinen Ohren klingt. In deine Augen, die so viel Tiefe und Geheimnis in sich tragen. In die Art, wie du die Welt siehst, wie du selbst die kleinsten Dinge mit einer solchen Leidenschaft betrachtest.«

»Und in deine Hände«, fügte er hinzu, seine Stimme kaum mehr als ein Murmeln.

Ihre Augen weiteten sich leicht, überrascht von der Einfachheit und Tiefe dieser Ergänzung. Sie betrachtete ihre Hände, die in seinem Blickfeld lagen, und spürte die

Wärme seiner Worte auf ihnen.

»Deine Hände haben eine eigene Sprache«, erklärte er weiter.

»Sie erzählen Geschichten von Zärtlichkeit und Stärke, von all den Dingen, die du berührt und geschaffen hast. In ihnen finde ich Trost und Inspiration, wie sie sich in meine fügen, wenn wir zusammen sind.«

Er nahm ihre Hände in seine und betrachtete sie, als ob er in ihnen das Geheimnis ihrer Verbindung erkennen könnte. Die Stille zwischen ihnen war erfüllt von unausgesprochenen Gefühlen, von einer tiefen Vertrautheit, die über Worte hinausging. Sie lächelte, ein tiefes Lächeln, das von ihrem Herzen ausging. In diesem Moment schien sie zu erkennen, dass seine Liebe für sie alle Aspekte ihrer Existenz umfasste, selbst die kleinsten, alltäglichsten Teile von ihr. Er machte eine kurze Pause, ließ seine Worte in der Luft verweilen, bevor er weitersprach.

»Aber vor allem habe ich mich in das verliebt, was nicht sichtbar ist. Deine Seele, deine Wärme, die Art, wie du mich berührst. Deine Verletzlichkeit und Stärke, die in einer so wundervollen Balance existieren.«

Sie lächelte, ein warmes, zufriedenes Lächeln, das bis in ihre Augen reichte. Die Antwort war mehr, als sie erhofft hatte. Die Frage, die sie gestellt hatte, verlor an Bedeutung, denn die Antwort hatte etwas viel Wichtigeres offenbart – die Tiefe seiner Gefühle und die Verbindung, die sie miteinander teilten.

Er fragte nicht nach, was sie an ihm mochte, in der Hoffnung, dass sie es ihm eines Tages auf ihre Art zeigen würde.

In den Augenblicken der Gemeinsamkeit, ließ er diese Frage ungestellt, wie ein geheimnisvolles Buch, das darauf wartete, von ihr geöffnet zu werden. Er spürte, dass die Antwort in ihren Berührungen, in ihren Blicken und den leisen, unaufdringlichen Gesten lag, die sie miteinander teilten. Wenn sie spazierten, konnte er die ungesagten Worte zwischen ihnen fühlen. Er wusste, dass es Dinge gab, die tiefer gingen als Worte, Dinge, die in den Augenblicken des einfachen Beisammenseins lagen. So hielt er die Frage in seinem Herzen fest, wie eine Kostbarkeit, die irgendwann ans Licht kommen würde. In dieser Erwartung fand er eine beruhigende Zufriedenheit. Es war ein unausgesprochener Teil ihrer Geschichte, ein Kapitel, das darauf wartete, von ihr erzählt zu werden, wenn die Zeit reif war.

Er betrachtete eine Weile ihre Gesichtszüge, als ob er jede Linie, jede Kurve in sein Gedächtnis einprägen wollte. In der Frische des Morgens wirkte ihr Gesicht wie eine friedliche Landschaft, ruhig und voller Geheimnisse.

Er legte seine Hand an ihre Wange, seine Finger strichen über ihre Haut. Ihre Augen schlossen sich langsam, als er sich näherte, und ihre Lippen trafen sich in einem Kuss, der so leicht war wie ein Hauch von Frühlingsluft.

Während er den Tisch deckte und Kaffee aufsetzte, dachte er an ihr schlafendes Gesicht, das friedlich und schön in der Morgenröte lag. Die alltäglichen Handlungen des Frühstückmachens wurden zu einem Ritus, einem Ausdruck seiner Zuneigung, der in jedem

Handgriff mitschwang. Das morgendliche Ritual wurde durch das Vibrieren seines Handys unterbrochen. Er griff nach ihm und starrte erschrocken auf das Display. Es war eine Nachricht von derselben Person, die zuletzt bei der gemeinsamen Wanderung im Siebengebirge die Stille unterbrochen hatte. Anna.

Ihre Nachricht brachte eine Welle unerwarteter Emotionen mit sich, als ob eine vergessene, unerwünschte Dissonanz plötzlich wieder in sein Leben zurückkehrte. Er zögerte, seine Finger schwebten über dem Display. Die Erinnerungen an die Wanderung, an die gespannte Atmosphäre und die unausgesprochenen Worte, kamen wieder hoch. Der Duft frisch gebrühten Kaffees erfüllte den Raum. Er atmete tief ein, versuchte die innere Unruhe zu beruhigen, die Annas Nachricht in ihm ausgelöst hatte. Er wusste, dass diese Nachricht nicht einfach ignoriert werden konnte, aber die Stille des Morgens und die Nähe zu Elisa machten ihm bewusst, wie kostbar diese Augenblicke waren. Er überlegte, ob er es Elisa erzählen sollte, aber er wollte die Harmonie bewahren und sie beschützen. Die Worte formten sich in seinem Kopf, doch etwas hielt ihn davon ab, sie auszusprechen. Es war nicht die Angst vor ihrer Reaktion, sondern der Wunsch, die fragile Balance ihres Morgens nicht zu stören.

Das Brötchen in seinen Händen fühlte sich plötzlich fremd an, aber er zwang sich zur Besonnenheit. Er musste einen Weg finden, mit dieser unerwarteten und unangenehmen Störung umzugehen, ohne die zarte Harmonie zu zerstören, die er und Elisa gefunden hatten. Er atmete tief durch, nahm das Handy und legte es zurück auf den Tisch, entschlossen, die Nachricht später zu lesen. Der Moment gehörte ihnen und er wollte ihn nicht mit Gedanken an Anna trüben. In diesem Augenblick zählte nur die Gegenwart, die er mit Elisa teilen konnte. Als Elisa nach dem gemeinsamen Frühstück unter der Dusche war, las er die Nachricht von Anna. Sie schrieb: »Warum meldest du dich nicht mehr? Ich vermisse dich so sehr. Wann können wir uns sehen?«

Er starrte auf die Worte, die auf dem Bildschirm leuchteten, fühlte die Schwere ihrer Bedeutung. Die Zeit schien stillzustehen, während er darüber nachdachte, wie er antworten sollte. Schließlich tippte er mit ruhigen, entschlossenen Fingern: »Ich habe keine Zeit.«

Er drückte auf »Senden« und beobachtete, wie die Nachricht verschwand. Nur das Rauschen des Wassers in der Dusche unterbrach seine Sorgen. Er legte das Handy beiseite und ließ den Blick durch den Raum schweifen. Die vertrauten Gegenstände, das Licht, das durch das Fenster fiel, alles wirkte plötzlich bedeutungsvoller. Er hoffte, die richtigen Worte gewählt zu haben.

Als Elisa aus der Dusche kam, mit nassen Haaren und einem frischen Lächeln, fühlte er sich von einer Welle der Erleichterung und Freude überflutet. Er ging auf sie zu, nahm ihre Hand und zog sie sanft zu sich. In ihren Augen fand er die Bestätigung, dass die Gegenwart, die er gewählt hatte, die einzig richtige war. In den nächsten Tagen überflutete ihn Anna mit belästigenden Nachrichten, die er nicht mehr las und sofort löschte und Anrufen, die er nicht entgegennahm. Jedes Mal, wenn sein

Handy vibrierte, verspürte er eine kurze Welle der Anspannung, die jedoch von seiner Entschlossenheit verdrängt wurde. Mit einem schnellen Wischen über den Bildschirm verschwanden die Nachrichten ins digitale Nichts, als ob sie nie existiert hätten. Er wollte sich nicht von der Vergangenheit einholen lassen.

Stattdessen konzentrierte er sich auf die Augenblicke mit Elisa, die wie kostbare Perlen durch seine Tage glitten. Die Spaziergänge im Wald, die gemeinsamen Mahlzeiten, das herzliche Lachen und die vertrauten Gespräche – all das gab ihm die Kraft, die aufdringlichen Schatten der Vergangenheit abzuwehren. In ihrer Nähe fühlte er sich er selbst, als ob jede Maske, die er je getragen hatte, unnötig und schwer geworden wäre. Bei ihr war sein Zuhause, ein Ort, an dem die Zeit langsamer floss und die Welt in sanften Tönen gemalt war. In ihren Augen fand er eine stille Akzeptanz, die ihm erlaubte, all seine Sorgen zu vergessen.

Die Lasten des Alltags, die unerfüllten Träume und die flüchtigen Schatten der Vergangenheit verschwanden, als ob sie nie existiert hätten. Jedes Lächeln von ihr, jede Berührung ihrer Hand ließ ihn tiefer in diesen Zustand der Ruhe und des Friedens eintauchen. Ihre Gegenwart war wie ein unsichtbares Netz, das ihn hielt und trug, selbst wenn er den Boden unter den Füßen zu verlieren drohte. In den Momenten, wenn sie nebeneinander lagen und alles um sie herum verstummte, fühlte er, dass er endlich angekommen war. Sie war sein Anker, sein Zufluchtsort und in ihrem Lächeln fand er die Gewissheit, dass alles gut war und gut sein würde.

Er hatte Anna sieben Monate, bevor er Elisa im Café begegnete, im Internet kennengelernt. Anna wollte ein Blind-Date und so stimmte Mario zu. Sie verabredeten sich an einem Abend am Waldrand in der Nähe ihres Wohnorts. Der Vollmond schien in dieser Nacht, sein bleiches Licht durchdrang die Dunkelheit und die Bäume warfen lange Schatten auf den Weg. Anna wartete bereits auf ihn. Sie reichte ihm eine Augenbinde und bat ihn, sie sich umzubinden. Er gehorchte, spürte die plötzliche Dunkelheit und die ungewohnte Abhängigkeit. Ihre Hände führten ihn vorsichtig ein paar Schritte weiter vom Weg und tiefer in den Wald hinein. »Vertrau mir«, flüsterte sie in die Nacht hinein. Sie tasteten sich gegenseitig ab, die Berührungen vorsichtig und zaghaft. Es war ein Spiel aus Neugier und Spannung, ein Tanz des Unbekannten. Ihre Lippen fanden sich in einem zarten, suchenden Kuss, der von der Dunkelheit und dem Geheimnis umhüllt war. Mehr passierte nicht.

Mario fühlte eine seltsame Mischung aus Erleichterung und Enttäuschung, als er sich wieder ins Auto setzte und die Augenbinde abnahm. Die Welt wirkte vertraut und doch fremd, als er die Straße entlang nach Hause fuhr. Das Erlebnis blieb wie ein flüchtiger Traum in seiner Erinnerung, ein Moment, der sich nicht wirklich in die Realität einfügen wollte.

Zu dem reinen körperlichen Vergnügen traf er sie noch ein paar Mal im Sommer, als er sich einsam fühlte. Diese Treffen waren wie kurze Sommergewitter, heftig und vergänglich, hinterließen aber keine bleibenden Spuren. Sie fanden sich an anonymen Orten. Jedes Mal, wenn sie sich begegneten, war es, als ob sie sich durch ein geheimes Abkommen daran erinnerten, dass ihre Verbindung nichts weiter als ein Moment war, eingefroren in der Zeit. Die Hitze des Sommers, die langen, schwülen Nächte und das Zirren der Zikaden bildeten die Kulisse ihrer oberflächlichen Begegnungen. Sie suchten einander ohne Worte, seine Hände fanden vertraute Wege über Haut, die sich fremd und doch seltsam vertraut anfühlte. Es war ein Austausch von Nähe ohne Tiefe, eine Suche nach Trost in der Einsamkeit. Doch jedes Mal, wenn er danach heimfuhr, fühlte er die Leere noch intensiver. Die Straßen, beleuchtet von den schwindenden Lichtern der Stadt, wirkten wie ein endloses Labyrinth, das ihn in seinen Gedanken gefangen hielt. Er wusste, dass diese Treffen nicht das füllen konnten, was ihm wirklich fehlte.

Mit der Zeit wurden die Erinnerungen an diese Sommernächte blasser, wie verblassende Tinte auf einem alten Brief. Und als er Elisa begegnete, wusste er, dass er diese flüchtigen und bedeutungslosen Treffen hinter sich lassen musste. Sie war die Brücke zu einer neuen Realität, in der die Vergangenheit nicht mehr als ein ferner Schatten war.

Anna wollte mehr als nur flüchtige Berührungen und vergängliche Treffen. Sie wollte ihn, ganz und gar, mit einer Intensität, die ihn überforderte. Es war nicht nur eine Sehnsucht nach Nähe, sondern ein tiefes, unerbittliches Verlangen, ihn für sich allein zu besitzen. Sie ließ ihn nicht mehr los, klammerte sich an ihn wie eine unsichtbare Hand, die sich immer fester um sein Leben schloss.

Nacht für Nacht klingelte das Telefon. Die Nachrichten kamen in einer Flut, jede einzelne wie ein Tropfen, der unaufhörlich in einen stillen, dunklen See fiel und Wellen in seinem Inneren auslöste. Obwohl er wusste, dass etwas an dieser Obsession gefährlich war, konnte er nicht mehr entkommen.

Elisa durfte unter keinen Umständen von dieser Bedrohung erfahren, beschloss er. Er wollte sie vor allen Unannehmlichkeiten bewahren und beschützen. Während er an der Rheinpromenade entlanglief, überlegte er, wie er das Geheimnis am besten bewahren konnte. Das Licht der Laternen flackerte, als ob sie seine Gedanken widerspiegeln würden und die Schatten der Bäume tanzten unruhig auf dem Asphalt. Er wusste, dass die Vergangenheit immer wieder an die Oberfläche drängen würde, doch er war entschlossen, Elisas Frieden zu bewahren.

Ihre Unwissenheit schien ihm ein kostbares Gut zu sein, eine zarte Blase, die er um jeden Preis beschützen musste. In ihrer Gegenwart fühlte er sich wie ein Wächter eines verborgenen Schatzes, dessen Existenz nur er kannte. Die Bedrohung, die in den Nachrichten von Anna lag, war eine dunkle Wolke, die er von ihrem klaren Himmel fernhalten wollte.

Er erinnerte sich an die unbeschwerten Momente, die er mit Elisa verbracht hatte – das Lachen, die Berührungen, endlosen Spaziergänge, vertrauten Augenblicke. Diese Bilder waren wie Anker, die ihn in der Gegenwart hielten und ihm die Kraft gaben, weiterzumachen.

Nachts, als sie friedlich neben ihm schlief, versprach er sich selbst, dass er alles tun würde, um sie zu beschützen. Seine Liebe zu ihr war wie ein Schutzschild, stark und undurchdringlich. Und so hielt er die Bedrohung in Schach.

Erste Schneeflocken tanzten vom Himmel und setzten sich auf Elisas Mütze und sein Schal. Sie lächelten einander an, ihre Atemwolken verschmolzen in der kalten Luft, während sie Hand in Hand durch den stillen Wald gingen. Die Luft war klar und kühl und der Himmel hatte jene besondere Schwere, die nur ein bevorstehender Schneefall mit sich bringt. Kleine Kristalle schmückten Elisas weiße Wollmütze wie winzige Diamanten, während sie sich in Marios grünem Wollschal verfingen, der sich um seinen Hals schlängelte. Mario bemerkte, wie Elisa leicht fröstelte. Ohne ein Wort zu sagen, wickelte er seinen Schal ab und hängte ihn ihr um den Hals, seine Hände verharrten einen Augenblick länger auf ihren Schultern, um sicherzustellen, dass ihr warm genug war. Ihr Blick traf seinen und ein sanftes Lächeln spielte um ihre Lippen.

»Danke«, sagte sie.

Er zog sie näher an sich, spürte die Wärme ihres Körpers durch die Schichten der Winterkleidung.

Die Flocken fielen unaufhörlich weiter und hüllten alles um sie herum in eine weiße Decke. In diesem Augenblick schien alles andere unwichtig zu sein. Die Vergangenheit, die Sorgen und die Ängste verschwanden, während sie gemeinsam den ersten Schnee genossen. Es war ein stiller, magischer Moment, den nur sie teilten, eine kleine Kostbarkeit in der Unendlichkeit der Zeit.

Mit dem ersten Schnee, kam auch die Vorfreude auf die bevorstehenden Weihnachtstage. Die Straßen begannen sich in funkelnde Lichterketten zu hüllen und die Schaufenster füllten sich mit festlicher Dekoration. Elisa lächelte bei dem Gedanken an die warmen, vertrauten Rituale, die die Feiertage mit sich brachten – der Duft von frisch gebackenen Plätzchen, das sanfte Leuchten des Weihnachtsbaums, das Lachen ihrer Familie.

Marios Freude hingegen war verhalten. Er beobachtete Elisas leuchtende Augen und das sanfte Lächeln, das ihre Lippen umspielte, während sie über ihre Pläne für die Festtage sprach. Tief in seinem Inneren wusste er, dass sie diese besonderen Tage mit ihrer Familie verbringen würde. Er würde nicht an ihrer Seite sein, um den Zauber der Weihnacht zu erleben. Es war noch nicht an der Zeit für sie, die Feiertage gemeinsam zu feiern.

Ihre Beziehung war wie ein zartes Pflänzchen, das noch wachsen und Wurzeln schlagen musste. Er verstand das und akzeptierte es, aber dennoch spürte er einen leisen Stich der Einsamkeit bei dem Gedanken, die Festtage, ohne sie zu verbringen. Während sie die kühle Winterluft einatmeten und die Schneeflocken auf sie herabfielen, nahm er ihre Hand in seine. Sie genoss die Wärme seiner Berührung und sah ihn an, ihre Augen fragend.

»Alles in Ordnung?«, fragte sie besorgt.

Er nickte und lächelte, auch wenn seine Augen etwas anderes verrieten.

»Ja, alles in Ordnung«, antwortete er.

»Ich freue mich einfach darauf, dass wir bald wieder zusammen sein werden.«

Sie drückte seine Hand und lächelte zurück, während der Schnee um sie herum weiterfiel.

Er verstand, dass Beziehungen Zeit brauchten, um zu wachsen, wie ein Baum, der seine Wurzeln tief in die Erde senkt, bevor er in den Himmel emporragt. Die Geduld war seine Begleiterin, die ihm half, die Momente der Unsicherheit und des Wartens zu überstehen. Er erinnerte sich an die Worte, die er einmal in einem alten Buch gelesen hatte: »Alles, was von Wert ist, braucht Zeit, um zu wachsen.«

Diese Weisheit trug er in seinem Herzen, während er Elisas Nähe genoss, ohne mehr zu verlangen, als sie bereit war zu geben. Jeder Blick, jedes Lächeln, jeder Kuss war ein kleines Geschenk, das er achtsam in sich aufnahm. Er wusste, dass die Zeit, die sie zusammen verbrachten, kostbar war und dass die Zukunft, so ungewiss sie auch sein mochte, ihre eigene Richtung finden würde.

So verbrachten sie Weihnachten getrennt, jeder bei seiner eigenen Familie. Doch in Gedanken war er bei ihr. Während das vertraute Lachen und die vertrauten Stimmen seiner Familie den Raum füllten, glitt sein Blick immer wieder in die Ferne. Er malte sich aus, wie sie neben ihm unter dem Tannenbaum sitzt, ihr Lächeln warm und einladend. In seiner Vorstellung konnte er die Wärme ihrer Hand spüren, die seine leicht drückte, während sie gemeinsam die Geschenke auspackten. Die Lichter des Weihnachtsbaums warfen funkelnde

Reflexionen auf ihr Gesicht und er konnte das Leuchten in ihren Augen sehen, das nur für ihn bestimmt war.

Er sah sich selbst, wie er ihr ein kleines, sorgfältig verpacktes Geschenk überreichte und konnte sich sein überraschtes Lächeln ausmalen, als sie das Papier vorsichtig aufriss. Während er sich in diese Gedanken verlor, fühlte er eine tiefe Sehnsucht in sich aufsteigen, eine Verbindung, die über die physische Entfernung hinausging.

Die Stimmen seiner Familie wurden zu einem fernen Hintergrundrauschen, während er an Elisa dachte, wie er sie in seinen Armen hielt und wie sie sich geborgen und geliebt fühlt.

Obwohl sie physisch getrennt waren, spürte er die unsichtbare Verbindung, die sie zusammenhielt.

In dieser Übereinkunft fand er Trost und die Hoffnung auf ein gemeinsames Morgen, indem sie die Feiertage zusammen verbringen könnten. Der Schatten aus seiner Vergangenheit machte auch an diesen stillen Nächten keinen Halt vor den Wogen der Gegenwart. Während draußen der Schnee leise die Welt in sein weißes Kleid hüllte und die Stille der Feiertage über die Stadt zog, fand der alte Gespensterglaube seinen Weg in seine Gedanken. Die festlichen Tage, die für viele von Freude und Wärme erfüllt waren, schienen für ihn von einer unwillkommenen Melancholie durchzogen. Anna nutzte die Feiertage als Vorwand, um sich erneut in seinem Leben bemerkbar zu machen. Ihre Nachrichten, unaufhörlich und penetrant, durchbrachen die besinnliche Weihnachtsstimmung wie störende Echos in einem ansonsten friedlichen Raum. Sie bombardierte ihn mit

Nachrichten, die wie kleine, ungebetene Störungen die heiligen Momente der Stille durchbrachen. Ihre Worte, durchzogen von einem Drang nach Aufmerksamkeit und einem Anklang von Verzweiflung, schienen sich direkt in seine Gedanken zu drängen.

Er versuchte, sich dem Sog der Erinnerungen und den ständigen Störungen zu entziehen, fand jedoch keinen einfachen Weg, die alte Last vollständig abzuwerfen. Verzweifelt bemühte er sich, die klare Linie zwischen der Gegenwart und der Vergangenheit aufrechtzuerhalten.

Mario fühlte, wie sich die Verwebung seiner Gedanken zu einem immer größer werdenden Knoten verdichtete. Der Knoten schien sich unaufhaltsam zu verfestigen, ein dicker Schatten, der drohte, sich über die zarte Verbindung zu Elisa zu legen. Er grübelte über einen Ausweg nach, über einen Weg, diesen Schatten abzuwehren, damit er nicht die klare Grenze zwischen ihnen trüben konnte. Als er die Nachricht von Anna las, in der stand: »Ich weiß, wo deine Freundin wohnt«, durchzuckte ihn ein kaltes Gefühl und breitete sich langsam in ihm aus. Sein Herz klopfte schneller, als die Worte in seinem Kopf nachhallten und sich in die feinen Fäden seiner Fantasie verwoben.

»Ich werde dafür sorgen, dass du auch unglücklich wirst!«, ließ sie in der darauffolgenden Nachricht verlauten. Ihre Worte trafen ihn wie ein kalter Windstoß, der plötzlich durch einen stillen Raum fegte und alle Wärme mit sich riss. Es war, als hätte sie einen Fluch ausgesprochen, der sich um sein Herz legte und die Luft aus seinen

Lungen presste. Der Bildschirm leuchtete unbarmherzig, die Nachricht schien sich in seine Gedanken zu brennen, ein Echo, das nicht verstummen wollte.

Er las die Zeilen erneut, in der Hoffnung, dass er sie falsch verstanden hatte, dass sich die Bedeutung ändern würde, wenn er sie nur lange genug betrachtete. Doch die Worte blieben unverändert, kalt und scharf, als wären sie in Stein gemeißelt.

Sie hinterließen einen bitteren Nachgeschmack, der sich wie eine dunkle Wolke über seine Stimmung legte. Es war, als ob die Nachricht nicht nur Buchstaben und Zeichen, sondern auch ein ungesehener Druck in den Raum trug. Die Drohung schwang in der Luft wie ein unheilvolles Versprechen. »Was kann ich tun?«, fragte er sich immer wieder, wie ein ständiges Echo in den endlosen Weiten seiner Gedanken.

Die Frage drehte sich in seinem Kopf, als ob sie von unsichtbaren Händen hin und her geschoben wurde.

Er spielte mit dem Gedanken, Elisa alles zu erzählen, doch diese Vorstellung wirkte auf ihn wie ein unheilvoller Sturm, der drohte, ihre junge Liebe zu zerstören. Die Vorstellung, wie ihre Zärtlichkeit und Unschuld von der Kälte der Wahrheit erdrückt werden könnten, ließ ihn zögern, als ob er am Rande eines tiefen Abgrunds stünde.

In solchen Momenten, wenn die Dunkelheit und die Einsamkeit sich wie ein schwerer Mantel um ihn legten, sehnte er sich besonders stark nach ihr. Die Sehnsucht war so überwältigend, dass sie ihn fast körperlich schmerzte, ein tiefes Ziehen in seiner Brust, dass ihn an das Fehlen ihrer Nähe erinnerte. Ihre Abwesenheit schien den Raum um ihn herum zu dehnen und zu verzerren, bis alles nur noch von einer unerfüllten Leere geprägt war. Die Sehnsucht nach Ihr wuchs in ihm wie eine unaufhaltsame Flut, die jede Ecke seines Bewusstseins überschwemmte.

Versunken in dieses Gefühl griff er nach seinem Handy, seine Handflächen fühlten sich kühl und leer an. Mit einem fast mechanischen Drang tippte er die Worte, die sich aus seinem inneren Sturm formten: »Meine Arme sehnen sich danach, dich festzuhalten, meine Liebste.«

Die Buchstaben erschienen auf dem Bildschirm und er wusste, dass sie in ihrem stillen Raum möglicherweise anders interpretiert werden könnten, doch der Drang, seine Empfindungen zu teilen, war stärker als die Furcht vor Missverständnissen.

Schließlich entschied er sich auch Anna eine Nachricht zu senden. Mit einem tiefen Atemzug tippte er die Worte ein, die über den Bildschirm huschten: »Wir können bald über alles reden. Ich melde mich wieder.«

Die geschriebenen Worte verloren sich in der Weite des digitalen Universums, während er sich zurücklehnte und darauf wartete, dass sie irgendwo zwischen den Zeilen und dem Raum, den er ihr gelassen hatte, eine Antwort fand.

»Ich vermisse dich auch, mein Sehnsuchtsort.«

Die Buchstaben erschienen auf seinem Bildschirm wie ein zarter, verhaltener Flüsterton und erfüllten ihn mit einer grenzenlosen Freude, die sich unaufhaltsam in ihm ausbreitete. Es war, als hätte ein unsichtbarer Faden, der zwischen ihnen gespannt war, plötzlich wieder zu vibrieren begonnen, eine Verbindung, die ihn mit einer tiefen, fast kindlichen Freude durchflutete.

Am ersten Wochenende nach Silvester verbrachten sie erneut ein ganzes Wochenende miteinander. Ihre Leidenschaft und Hingabe schufen eine innige Atmosphäre. Sie liebten sich mit einer Intensität, die die Zeit zum Stillstand brachte, tanzten miteinander, auf die Musik, die nur für sie allein spielte und das Gemeinsame entwickelte sich zu einem besonderen Ritual, das die Bindung festigte. Ausgedehnte Wanderungen im Siebengebirge boten ihnen Momente der stillen Kontemplation und des Austauschs. Sie führten lange, tiefgehende Gespräche, die ihre Seelen berührten und eine neue Ebene der Nähe schufen. Er hörte ihr aufmerksam zu, schätzte jedes ihrer Worte.

Doch er merkte, dass seine Gedanken nicht mehr so klar waren wie sonst. Während er ihr zuhörte und sich bemühte, vollständig im Augenblick präsent zu sein, schlichen sich ungewollt störende Geister in seine Gegenwart. Die Belästigungen von Anna und die Last seiner Vergangenheit zogen an den Rändern seines Bewusstseins und ließen ihn innerlich unruhig werden.

In dieser inneren Zerrissenheit fühlte er, wie die klaren Linien seiner Gedanken verschwammen. Er bemühte sich, die Harmonie und das Glück, das sie teilten, nicht zu stören, doch die unaufhörlichen Botschaften von Anna und die Erinnerung an vergangene Fehler ließen ihn nicht vollständig los.

Trotz dieser inneren Kämpfe fand er Trost in ihrer Nähe. Inmitten der Schönheit des Siebengebirges und der intimen Stunden, die sie miteinander teilten, suchte er nach Klarheit und nach einem Weg, die Geister der Vergangenheit endlich ruhen zu lassen. Er wusste, dass er seine Ängste nicht über die Werte stellen konnte, für die er einstand. Diese Werte – Ehrlichkeit, Vertrauen und Offenheit – waren für ihn von grundlegender Bedeutung. Sie bildeten das Fundament ihrer Beziehung, ein zartes Konstrukt, das durch Unehrlichkeit leicht ins Wanken geraten konnte.

Doch die Vorstellung, Elisa von Anna zu erzählen, brachte ihn in einen Zwiespalt. Wie sollte er diese heikle Angelegenheit ansprechen, ohne das Gefüge ihrer Zweisamkeit zu gefährden?

Er wusste, dass er es Elisa erzählen musste. Aber wann und wie, das vermochte er sich gar nicht konkret auszumalen. Seine Gedanken schienen sich im Kreis zu drehen, immer wieder zurückzukehren zu diesem einen Punkt: der richtige Moment. Doch gab es einen richtigen Moment für solch eine Offenbarung?

Manchmal, während er in ihren Augen den Ausdruck reiner Freude und Zuneigung sah, spürte er, wie seine Entschlossenheit wuchs. Er wollte die Last seiner Vergangenheit nicht länger allein tragen. Er wollte, dass sie alles wusste, auch wenn es schmerzlich sein würde. Andere Male, wenn die Angst vor möglichen Konsequenzen überhandnahm, fühlte er sich wie gelähmt. Die Worte, die er sagen musste, blieben ihm im Hals stecken, die Worte, die nicht bereit waren, das Licht der Welt zu erblicken.

Er lag oft da, während Elisa neben ihm friedlich schlief, und dachte darüber nach, wie er das Gespräch beginnen könnte. Er malte sich Szenarien aus, sprach die Worte vor sich hin, doch keiner dieser imaginären Dialoge fühlte sich richtig an. Die Schwere seiner Gedanken erfüllte den Raum, und doch blieb er stumm. In diesen Nächten verstand er, dass Ehrlichkeit nicht nur eine Frage des richtigen Moments war, sondern auch des Mutes, den ersten Schritt zu tun. Mit dieser Erkenntnis beschloss er, den richtigen Augenblick nicht weiter hinauszuzögern. Er musste es Elisa erzählen – nicht, weil es einfach war, sondern weil es dringend erforderlich war. Die Notwendigkeit wurde ihm immer bewusster, doch jedes Mal, wenn er mit ihr die Zweisamkeit genoss, schien ihn eine kosmische Kraft davon abzuhalten, ihr endlich von Anna zu erzählen.

Eines Abends im Februar, als der kalte Wind durch die Straßen wehte, klingelte es an seiner Tür. Mario ging auf den Balkon, um nachzusehen, wer es war. Im dämmrigen Licht der Straßenlaterne erkannte er die Gestalt und konnte seinen Augen kaum trauen.

»Anna, was machst du hier?«, fragte er erschrocken und wütend.

Ihre unerwartete Präsenz riss ihn aus der behaglichen Stille seines Heims. Anna stand unten und blickte zu ihm hinauf.

»Ich musste dich sehen, Mario«, rief sie mit einer Stimme, die zugleich dringlich und flehend klang.

Die Kälte der Nacht schien plötzlich in sein Herz zu

kriechen und die wohlige Wärme der Nähe zu Elisa fühlte sich unendlich fern an.

»Mario, bitte, lass mich rein«, bat Anna erneut, diesmal leiser, fast als hätte sie ihre eigene Kühnheit bereut.

Mario atmete tief ein, seine Brust hob und senkte sich schwer. In diesem Augenblick erkannte er, dass die Wahrheit, die er so lange vermieden hatte, nun unausweichlich vor ihm stand. Doch das Timing schien grausam und ungerecht.

Mit einem letzten Blick auf Anna schloss er die Balkontür und machte sich auf den Weg zur Haustür, seine Schritte fest entschlossen, aber von innerem Aufruhr begleitet. Er ließ sie hinein und machte ihr einen Tee. Die Kälte der Nacht haftete noch an ihr und er konnte nicht anders, als Mitleid mit ihr zu empfinden. Anna stand unsicher im Flur, die Schultern leicht gebeugt. Die Wärme der Wohnung schien sich nur langsam auf sie zu übertragen.

»Setz dich«, sagte er und deutete auf den Stuhl.

Während er in der Küche einen kleinen Topf mit Wasser füllte und auf den Gasherd zum Kochen abstellte, fühlte er das Gewicht der Situation auf seinen Schultern lasten. Die Vergangenheit und Gegenwart kollidierten in diesem kleinen Raum, und er konnte die Spannung fast körperlich spüren. Als der Tee fertig war, brachte er die dampfende Tasse zu Anna. Sie nahm sie mit zitternden Händen und bedankte sich. Für einen Moment saßen sie schweigend da, der heiße Tee zwischen ihnen, als wäre er ein Puffer gegen die Worte, die unausweichlich folgten.

»Warum bist du hier, Anna?«, fragte er schließlich, seine Stimme ruhig, aber mit einem Anflug von Erschöpfung.

Er wollte wissen, aber gleichzeitig fürchtete er die Antwort. Anna blickte auf in seine Augen, suchte nach einem Anker in dem Sturm, der in ihrem Inneren tobte.

»Ich... ich musste dich sehen, Mario. Es war unerträglich, nichts von dir zu hören. Ich habe Fehler gemacht, das weiß ich, aber ich wollte eine Chance, es zu erklären.«

Ihm war nicht klar, von welchen Fehlern Anna sprach, und er fragte auch nicht nach, als ob es ihn nicht interessieren würde. Der Dampf ihres Tees stieg langsam auf, während eine unbehagliche Stille den Raum erfüllte. Mario nahm einen tiefen Atemzug und ließ den Blick durch das Zimmer schweifen. Die Erinnerungen an Elisa, ihre gemeinsamen Momente, schienen plötzlich zerbrechlich, als könnte ein falsches Wort sie zersplittern lassen. Trotzdem wusste er, dass er sich dieser Konfrontation stellen musste, dass er Anna und sich selbst Klarheit schuldig war.

»Anna«, begann er, seine Stimme fest, aber mit einem Hauch von Mitgefühl. »Es gibt Dinge, die man nicht einfach ungeschehen machen kann. Doch ich höre dir zu. Sag mir, was du zu sagen hast.«

»Mario, ich habe mich in dich verliebt«, sagte sie nach einer Weile, ihre Stimme zitterte leicht, als ob sie eine unsichtbare Last trug.

»Ich kann nicht mehr ohne dich leben«, ergänzte sie.

Als die Worte in den Raum schwebten, spürte er, wie

sich ein kalter Schauer über seinen Rücken legte. Die Ernsthaftigkeit ihrer Erklärung durchbrach die verhaltene Ruhe, die bis dahin zwischen ihnen geherrscht hatte. Er war sich plötzlich der Tiefe des Konflikts und des Dilemmas bewusst, das sich vor ihm auftat, wie ein Labyrinth, aus dem es keinen offensichtlichen Ausweg zu geben schien.

»Anna«, begann er, und seine Stimme klang fest und entschlossen.

»Ich habe dir von Anfang an gesagt, dass ich es bei rein körperlichen Begegnungen belassen möchte. Ich habe eine Freundin und ich liebe sie. Sie ist die Frau, mit der ich mein restliches Leben verbringen möchte.«

Die Stille, die folgte, war fast greifbar und die Raumluft schien sich mit einer Schwere zu füllen. Anna senkte den Kopf und ihre Augen, die vorhin noch voller Hoffnung gewesen waren, waren nun von einem schmerzhaften Glanz erfüllt. Mario sah sie an und wusste, dass seine Entscheidung, so klar sie ihm auch erscheinen mochte, in diesem Moment wie ein schwerer Stein in ihrem Herzen lag. Es war ein Weg, den er gewählt hatte, doch er erkannte die Konsequenzen dieses Weges in der Traurigkeit und Enttäuschung, die sich in Annas Gesicht widerspiegelten.

»Es tut mir leid Anna«, sagte er schließlich, seine Stimme weich und müde.

»Ich kann diese Liebe nicht erwidern. Meine Zukunft liegt bei jemand anderem«, sagte er mit einem überzeugenden Gesichtsausdruck.

Mit diesen Worten stand er auf um ein Zeichen zu setzen, das Gespräch beenden zu wollen. Es war ein Moment der Klarheit, doch er war durchdrungen von der bittersüßen Melancholie, die nur die komplexen und schmerzlichen Entscheidungen des Lebens hervorrufen konnten. Sie stand auf und ihre Augen suchten seine mit einer Mischung aus Hoffnung und Unsicherheit.

»Kann ich hier übernachten?«, fragte sie leise.

»Es ist schon spät und ich fühle mich unsicher auf der Straße im Dunkeln.«

Mario zögerte einen Moment, spürte das Gewicht ihrer Bitte.

»Gut, aber komm bloß nicht auf dumme Gedanken«, sagte er schließlich, seine Stimme fest und mahnend.

»Du kannst im kleinen Zimmer übernachten.«

Er zeigte ihr das Zimmer und schaltete ihr die Nachttischlampe an.

»Hier kannst du schlafen«, sagte er und trat einen Schritt zurück. Anna nickte dankbar, ihre Augen folgten ihm, als er den Raum verließ und die Tür leise hinter sich schloss. Er ging in sein eigenes Zimmer, doch der Frieden, den er suchte, blieb ihm fern.

Die Worte, die sie ausgetauscht hatten, hallten in seinem Kopf wider und er konnte sie nicht abschütteln. Er legte sich ins Bett, doch die Gedanken an Anna und Elisa ließen ihn nicht los. Die Nacht verging und mit ihr die Unsicherheiten und Fragen, die in der Dunkelheit wuchsen. Am nächsten Morgen, als sie aufstand, machte er ihr einen Kaffee. Das Geräusch der Espresso Kochers füllte die Stille, die zwischen ihnen hing. Sie schwiegen, jeder in seine eigenen Gedanken verloren. Sie nahm den

Kaffee dankend entgegen, ihre Augen suchten die seinen, doch er konnte und wollte den Blick nicht lange halten. Die Zeit verstrich, und schließlich erhob sie sich, bereit zu gehen. Langsam näherte sie sich der Tür, ihre Hand legte sich auf das kalte Metall des Türgriffs, eine Geste, die Endgültigkeit signalisierte. Sie drehte sich zu ihm um, ihr Gesicht eine Maske der Ruhe, die jedoch von einer tiefen Traurigkeit durchbrochen wurde, die in ihren Augen aufblitzte.

»Du wirst noch erfahren, was Verlust ist«, sprach sie mit einer Stimme des Versprechens. Als sie die Tür öffnete, warf sie ihm einen Blick zu, der drohend wirkte, als ob unausgesprochene Worte und unausgelebte Emotionen in diesem Moment Gestalt annahmen.

Dann war sie weg. Endlich, dachte er sich.

Er musste wieder in die Praxis, der Alltag rief mit seiner unnachgiebigen Routine.

Der Tag begann, aber der Morgen blieb wie ein ungelöster Knoten in seinem Bewusstsein hängen. Die Dunkelheit der vergangenen Nacht war noch nicht verflogen und er fragte sich, wie lange sie bleiben würden.

In der Praxis hatte er viel zu tun. Die Hektik des Alltags bot normalerweise eine willkommene Ablenkung, aber heute war alles anders. Bei jeder Behandlung musste er daran denken, was Anna wohl als Nächstes im Sinn hatte. Ihre Worte und Blicke lasteten auf seinen Gedanken und er konnte sie nicht abschütteln. Ob sie tatsächlich weiß, wo Elisa wohnt? Diese Frage kehrte immer wieder zurück, wie ein dunkles Mantra, das sich in seinen Verstand eingegraben hatte. Wenn ja, dann spioniert sie mein Handy aus, schlussfolgerte er anschließend. Während er sich diese Frage stellte, wurde ihm die Bedrohung, die die Konturen ihrer Liebe zu verwischen drohte, bewusst. Der Gedanke daran, dass Anna in Elisas Leben eindringen könnte, löste in ihm Verlustängste und ein tiefes Unbehagen aus. Die Routinearbeiten in der Praxis verloren ihre Selbstverständlichkeit. Er versuchte, sich zu konzentrieren, doch Annas drohender Blick und ihre Worte hallten in seinem Kopf wider. Er wusste, dass er handeln musste. Aber was konnte er tun, ohne Elisa in dieses Drama hineinzuziehen?

Der Tag verging, und mit jedem Patienten, den er behandelte, wuchs seine Sorge. Die Bedrohung schien greifbarer, realer, als ob Anna selbst hinter jeder Ecke lauern könnte. Die Stunden zogen sich hin und obwohl die Praxis gefüllt war mit den alltäglichen Geräuschen und Stimmen, fühlte er sich zunehmend isoliert in seinem inneren Konflikt.

Dank seiner empathischen Fähigkeiten konnte er sich gut in Annas emotionalen Zustand hineinversetzen. Er verstand die Intensität ihrer Gefühle, die Verzweiflung, die in jedem ihrer Worte mitschwang. Anna war in ihn verliebt, zutiefst und unverrückbar, und diese Liebe hatte sich zu einer Obsession gewandelt. Sie war bereit, alle Mittel einzusetzen, um die Erwiderung ihrer Gefühle zu erlangen. Er spürte ihre innere Zerrissenheit und die Sehnsucht. Es war ein Zustand, den er nicht einfach ignorieren konnte. Diese Fähigkeit, sich in andere hineinzuversetzen, war oft ein Segen in seiner Arbeit als

Therapeut, doch jetzt fühlte es sich wie ein Fluch an. Jede Nachricht von ihr, jede Begegnung war durchzogen von einer bedrückenden Ernsthaftigkeit, die ihn unruhig machte. Er wusste, dass sie nicht so leicht aufgeben würde.

Die Harmonie, die er mit Elisa gefunden hatte, war zerbrechlich und Annas Entschlossenheit war wie ein Sturm, der diese Harmonie zu zerstören drohte. Dennoch konnte er ihre Gefühle nicht einfach abtun. Sie war ein Mensch, der litt und sein Mitgefühl hinderte ihn daran, sie einfach wegzustoßen. Während er versuchte, sich auf seine Arbeit zu konzentrieren, überlegte er, wie er diesen Konflikt lösen könnte, ohne dass jemand zu Schaden kommt. Anna war entschlossen und ihre Liebe war ein zweischneidiges Schwert, das die Macht hatte, sowohl zu heilen als auch zu verletzen.

Natürlich hatte er Elisa nichts von Annas Besuch vor ein paar Tagen erzählt oder geschrieben. Diese Entscheidung traf er instinktiv, ohne lange darüber nachzudenken. Ob er eine passende Gelegenheit verpasst hatte, darüber dachte er nicht nach. In seinen Gedanken existierte jetzt eine unsichtbare Mauer zwischen diesen beiden Welten und die gilt es jetzt sorgfältig aufrecht zu erhalten.

Er wusste, dass die Wahrheit wie ein Stein in das ruhige Wasser ihrer Beziehung fallen und unvorhersehbare Wellen schlagen könnte. Seine höchste Priorität lag im Wunsch, Elisa vor unnötigem Schmerz zu schützen und das Schweigen fühlte sich an wie die sicherere Option.

In Augenblicken, wenn er Elisas Gesicht betrachtete, suchte er in ihren Augen nach einem Zeichen, dass sie etwas ahnte. Doch ihr Vertrauen schienen unerschütterlich. Dieses wollte er bewahren, koste es, was es wolle. So vergrub er die Erinnerungen an Annas Besuch tief in sich.

Elisa verabredete sich mit Mario bei ihm zu Hause, wo sie beschlossen in einem spanischen Restaurant zu Abend zu essen. Die Abendluft war kalt und als sie gegenüber dem Restaurant aus dem Auto ausstieg, zog sie die Winterjacke enger um sich und spürte, wie ihr Atem als feiner Dunst in der Luft sichtbar wurde. Mario war sehr wählerisch, was das Essen anging und sie hingegen unkompliziert. Seine Abneigung gegen Schweinefleisch und Milchprodukte, seine Präferenz für einfaches, reines Essen, standen im Kontrast zu Elisas Neugier auf neue Geschmäcker und kulinarische Abenteuer.

Als sie das Restaurant betraten, umfing sie der Duft von frisch gebackenem Brot und das sanfte Knistern eines Kamins. Dezente Lichter warfen warme Schatten auf die Wände, mit leisen Gitarrenklängen im Hintergrund. Mario studierte die Speisekarte mit der Aufmerksamkeit eines Forschers, der nach verborgenen Schätzen suchte. Elisa hingegen ließ ihren Blick über die Tische schweifen, beobachtete die anderen Gäste, fühlte sich von der Lebendigkeit des Ortes angezogen.

»Was hältst du von den Gambas al Ajillo?«, fragte sie, die Speisekarte in der Hand, während ihr Blick auf ihm ruhte. Mario zögerte einen Moment, nickte dann.

»Das klingt gut. Ich werde den gegrillten Fisch nehmen. Und ein Glas spanischen Rotwein.«

Sie freute sich sehr, dass er Rotwein mochte, denn sie trank selbst gerne ein Glas zum Abendessen. Elisa lächelte und bestellte ohne viel Überlegen.

Für sie war das Essen ein Abenteuer, ein Mittel, die Welt auf eine sinnliche Weise zu entdecken. Für Mario hingegen war es eine Herausforderung, eine Übung in Selbstdisziplin und Bewusstsein, denn er aß am liebsten Selbstgekochtes zu Hause. Sie unterhielten sich leise, die Geräusche des Restaurants um sie herum verblassten in ihren Gesprächen.

Die Unterschiede in seinen und ihren Vorlieben wurden zu einem harmonischen Duett, einer Balance aus Gegensätzen. Ein Lächeln huschte über ihr Gesicht, als sie das Glas hob und das rubinrote Getränk darin schwenkte. Er hob sein Glas und ließ es gegen ihres klingen und schaute ihr dabei in die Augen. In diesem Moment schien die Welt um sie herum stillzustehen und ihre Blicke führten eine stumme Kommunikation, die Worte überflüssig machte. Der Duft von dunklen Beeren stieg ihr in die Nase, und sie nahm einen tiefen, genussvollen Schluck. Sie hatte bereits einige Weinverkostungen hinter sich und verstand es, das komplexe Zusammenspiel von Aroma, Geschmack und Textur eines Weines zu schätzen. Für Mario hingegen genügte eine kurze visuelle Inspektion des Glases, um die Qualität und Reife des Weins zu beurteilen.

Er schaute ihr oft lange in die Augen, versuchte ihr auf diese Weise mitzuteilen, wie sehr er in sie verliebt war. Doch sie konnte ihren Blick nie lange halten und zwinkerte oft dabei, um ihre Unsicherheit zu kaschieren. Das beunruhigte ihn und er fragte sich, warum es ihr schwerfiel, die Verbindung zu halten, die er so verzweifelt suchte. Dieses kleine Zeichen, halb spielerisch, halb abwehrend, ließ ihn kurz lächeln, doch in seinem Inneren wuchs das Gefühl, dass ihre Verbindung nicht so fest war, wie er es sich wünschte. Seine Frage, die er sich stellte, blieb unbeantwortet.

Er nahm ihre Hände in seine und sagte leise: »Du bist wunderschön.« Sie erstrahlte mit einem breiten Lächeln, das ihn spüren ließ, wie sehr sie sich geliebt fühlte. In diesem Moment der Schönheit sagte er: »Dein Lächeln erfüllt mein Herz, wie ein warmes Licht.« Ihr Gesicht erstrahlte noch heller, nachdem er die Worte aussprach. Er schaute ihr noch einmal tief in die Augen, suchte in ihrem Blick die Worte, die ihm fehlten, um seine Gefühle für sie auszudrücken. Die Stille zwischen ihnen war voller unausgesprochener Emotionen, die er nicht in Sprache fassen konnte.

Mario stand auf, um zur Toilette zu gehen und Elisa blieb allein am Tisch zurück. Sie nippte an ihrem Schwenker, der letzte Schluck schien den Moment zu dehnen, während sie das Glas langsam wieder abstellte. Ihr Blick wanderte nach draußen und plötzlich entdeckte sie auf der gegenüberliegenden Straßenseite eine Gestalt. Die Person war gerade dabei, einen Zettel zwischen Scheibenwischer und Windschutzscheibe an Marios Auto zu schieben. Das Bild der geheimnisvollen Handlung, eingefangen im schwachen Licht der Straßenlaternen, zog ihre Aufmerksamkeit an und ließ die sonst so vertraute Umgebung fremd und rätselhaft erscheinen.

Als Mario von der Toilette zurückkam und sich wieder neben sie setzte, stürzte Elisa sofort in einen Bericht über das, was sie draußen beobachtet hatte. Ihre Stimme trug eine Mischung aus Aufregung, Besorgnis und Neugier. Ein kalter Schauder lief Mario den Rücken hinunter, als Elisa ihm von dem erzählte, was sie draußen gesehen hatte. Die Vorstellung, dass Anna ihnen möglicherweise gefolgt war, schlich sich in seine Gedanken. Ohne ein weiteres Wort zu verlieren, sprang er auf und stürmte aus dem Restaurant, um nachzusehen, was auf dem Zettel auf der Windschutzscheibe seines Wagens stand. Sein Herz schlug schneller, als er die Worte auf dem Zettel las: »Jetzt weiß ich auch, wie deine Freundin aussieht«, las er in sich vor, die Worte setzten sich wie ein schwerer, ungeladener Gedanke, der ihn erstarren ließ.

In diesem Moment trat Elisa ebenfalls nach draußen. Mit einem Ausdruck von Besorgnis auf ihrem Gesicht fragte sie ihn, was auf dem geheimnisvollen Zettel stand. Wortlos reichte er ihr den Zettel. Sie nahm ihn in die Hand und las die Worte laut vor.

»Von wem ist das? Wer schreibt so etwas?«, fragte Elisa, ihre Stimme schien sich im stillen Raum der Nacht zu verlieren.

»Ich weiß es nicht«, antwortete er, mit leiser Stimme. Natürlich wusste er, wer hinter der beängstigenden Botschaft steckte. Anna. Er stand einfach da, wie gelähmt, seine Gedanken weit entfernt, verloren in einem

Labyrinth aus Zweifeln und Ängsten. Elisa hielt den Zettel noch immer in der Hand, ihre Augen suchten nach Antworten, während ihre Mimik Besorgnis und Unruhe widerspiegelte.

»Ich mache mir große Sorgen, Mario. Was bedeutet diese Botschaft?«, fragte sie, ihre Stimme von einer leisen Verzweiflung durchzogen. Er versuchte, Ruhe zu bewahren, und sagte: »Vielleicht handelt es sich um eine Verwechslung.«

Die Worte klangen hohl in der Nacht, ein schwacher Versuch, die aufkommende Dunkelheit zu vertreiben.

Der schöne Abend zog sich langsam in den Hintergrund zurück, während sich in Elisa eine Welle von Unruhe und Sorge ausbreitete. Die leisen Geräusche der Stadt draußen wirkten plötzlich fremd und distanziert. Sie stiegen wortlos ins Auto und die Stille füllte den Innenraum wie eine unsichtbare Präsenz. Der Motor brummte leise und die Stadtlichter zogen in langsamen, sich wiederholenden Mustern an ihnen vorbei. Der Weg zu Mario nach Hause schien endlos und monoton, jeder Kilometer ein weiterer Schritt in die Ungewissheit, die sie beide umhüllte. Als sie ankamen, öffnete er die Beifahrertür und hielt sie für Elisa auf. Der Abendhimmel schien sich über ihnen zu schließen, während sie langsam ausstieg. Er schlang seine Arme fest um sie. Seine Umarmung, die lang und intensiv war, war ein Versuch die Kluft zwischen ihren Ängsten und Hoffnungen zu überbrücken.

»Ich bin bei dir und es wird alles gut«, seine Worte Worte tröstend.

Die Worte schwebten zwischen ihnen, ein zarter Versuch, Sicherheit in der fragilen Stille zu finden. Als sie sich im Bett gegenüberlagen, sagte sie mit leiser Stimme: »Lass uns verreisen. Es wird uns guttun.«

Er betrachtete sie eine Weile. Er strich ihr mit der Hand über das Gesicht, eine Bewegung, die die Vertrautheit ihrer Zweisamkeit in einem einzigen, den Moment festhielt. Eine Haarsträhne fiel ihr ins Gesicht und er steckte sie behutsam hinter ihr Ohr, ohne dabei den Blick von ihren Augen abzuwenden.

»Ja, lass uns verreisen. Nur du und ich«, erwiderte er, seine Stimme mit einem beruhigenden Klang.

Er beugte sich vor und legte seine Lippen auf die ihren, ein sanfter Kuss, der mehr versprach als Worte es je könnten.

»Schlaf gut, meine Liebste«, flüsterte er, während er seine Arme wie einen schützenden Schleier um sie legte.

Ihr Arm wurde schwer und sie legte das Manuskript auf den Boden neben den Rucksack unter dem Baum. Angelehnt an den Baum atmete sie tief ein und aus und in diesem Rhythmus fühlte sie sich wie gefangen zwischen zwei Welten – einer Welt, in der Magie und Wirklichkeit auf geheimnisvolle Weise miteinander verschmolzen. Der Drang zu schreiben, wuchs in ihr und drängte sie dazu, die Grenze zwischen dem, was ist und dem, was sein könnte, zu durchbrechen.

7

In der späten Dämmerung saßen sie nebeneinander auf
ihrem Balkon. Elisa lehnte sich zurück und betrachtete
die sich kräuselnden Rauchkringel der Kerze, die auf
dem Tisch vor ihnen flackerte. Ihre Gedanken schienen,
wie ein endloser Fluss von Erinnerungen und Hoffnungen zu fließen, während sie versuchte, die Worte, die sie
vor ein paar Tagen auf dem Zettel vor dem Restaurant
gelesen hatte, in einen Zusammenhang zu bringen.

»Glaubst du, dass jemand Interesse daran hätte, uns
auseinanderzubringen?«, fragte sie nachdenklich.

Er nahm ihre Hand und hielt sie sanft, die Berührung
war ein kleiner Anker in der unsteten See ihrer Gedanken. In diesem Moment traten die Unruhe und die Zweifel in den Hintergrund und ließen nur das Gefühl ihrer
Nähe und die Wärme ihrer Verbindung zurück.

»Niemand kann uns auseinanderbringen. Unsere
Liebe kann jedes Hindernis überwinden«, sagte er entschlossen und um ihr Sicherheit zu vermitteln.

Er fragte sich, ob seine beruhigenden Worte über-
haupt zu ihr durchdrangen und ihre innere Unruhe be-
sänftigen konnten. Er spürte eine Mauer, die sich

langsam zwischen ihnen errichtete, eine Mauer aus Gedanken und Gefühlen, die aus Unsicherheit und Sorge bestand und die er nicht durchbrechen konnte.

An diesem Tag, als er nach einem langen Arbeitstag auf seinem Fahrrad nach Hause fuhr, fühlte sich die Stadt hinter ihm wie ein verschwommener Traum an. Der Wind strich kräftig durch sein Haar. Gedanken wirbelten wie Herbstblätter in seinem Kopf, mal sanft getragen, mal wild durcheinandergewirbelt, als ob der Wind selbst seine inneren Zweifel und Hoffnungen durcheinanderbrachte.

Als er vor seiner Tür ankam, stockte ihm der Atem. Dort stand Anna, die Silhouette schimmerte im verblassenden Licht des Tages. Er stellte sein Fahrrad hinter dem Haus ab, seine Bewegungen wurden von einem seltsamen Gefühl der Verwirrung begleitet. Als er wieder zum Eingang zurückkehrte, fragte er: »Anna, was machst du hier?«

Seine Stimme war eine Mischung aus Erschrecken und unangenehmen Überraschung. Ihre Augen waren von einem feuchten Glanz überzogen, der das letzte Tageslicht reflektierte

»Ich musste dich sehen. Du fehlst mir so sehr«, sagte sie, ihre Stimme klang gebrochen und verletzlich.

»Lass mich bitte rein. Ich möchte mit dir reden«, sagte sie, ihre Stimme fast flehend. Ihre Worte trugen die Schwere eines ungelösten Rätsels.

»Wir haben bereits alles besprochen«, antwortete er.

»Nein, das haben wir nicht. Lass mich erstmal rein und dann werde ich es dir erklären«, entgegnete sie, die

Stimme jetzt durchzogen von einem drückenden Unterton, der an eine ferne, drohende Gewitterfront erinnerte.

Mit einem flüchtigen Gedanken an den Zettel, der vor Wochen wie ein Schatten auf seiner Windschutzscheibe gelauert hatte, entschied er sich, sie hereinzulassen. Es war, als ob die Erinnerung an diesen anonymen Brief, diese Entscheidung in seinem Inneren lenkte. Ein leiser, drängender Impuls wuchs in ihm, der ihm das Gefühl gab, dass es keine andere Wahl gab. Die Entscheidung, die Tür zu öffnen, war nicht nur eine Reaktion auf ihr Flehen, sondern auch eine Antwort auf ein vergangenes Echo, das ihn unaufhörlich begleitete.

Als sie die Wohnung betraten, deutete er auf den Stuhl und bot ihr an, sich niederzulassen. Sie setzte sich und begann ohne Umschweife.

»Ich habe dir bereits geschrieben, dass ich weiß, wo deine Freundin wohnt. Eines Abends habe ich dir unauffällig gefolgt, als du zu ihr gefahren bist. Und an diesem Abend, als du mit ihr im Restaurant warst, habe ich dir ebenfalls gefolgt.«

»Anna, warum tust du das? Was habe ich dir getan? Was möchtest du von mir?«, fragte er.

»Ich möchte dich regelmäßig sehen, alle paar Wochen«, fuhr sie fort.

»Dann lasse ich deine Freundin in Ruhe«, ergänzte sie.

Mario blieb in einem Netz aus Verzweiflung gefangen, seine Gedanken wirbelten wie ein Sturm in einem Ozean. Jeder Gedanke schien sich in den anderen zu verheddern, in einem Labyrinth ohne Ausgang. Die Worte, die sie sagte, drückten auf ihn und fingen an sich in seine Seele einzugraben.

Er saß da, umgeben von einem Gefühl der Ausweglosigkeit und wusste nicht mehr, in welche Richtung er sich wenden sollte. Er gab schließlich sein Einverständnis.

»Du kannst hierbleiben«, sagte er, seine Worte trugen eine emotionale Leere.

Seine Entscheidung trug Gefühllosigkeit und resignative Akzeptanz Inne. Am nächsten Morgen verschwand sie wie ein flüchtiger Albtraum, der sich langsam auflöste. Der Tag begann, als hätte sie nie existiert und er ging seinem gewohntem Alltag nach.

Elisa schickte ihm über sein Handy eine Liste von Orten, die sie für ihren gemeinsamen Urlaub im April in Betracht ziehen könnten. Jeder dieser Vorschläge war verlockend, doch sie hatten eine Gemeinsamkeit: Sie waren nur mit dem Flugzeug zu erreichen. Die Vorstellung von Flugreisen, die ihm bisher fremd geblieben war, ließ einen nagenden Zweifel in ihm aufsteigen. Während er durch die Bilder und Beschreibungen scrollte, die von fernen, verlockenden Orten erzählten, wuchs gleichzeitig die Unsicherheit in ihm.

Dennoch, der Gedanke, mit Elisa an diesen neuen Orten zu sein, überwältigte die Zweifel und ließ die Sehnsucht nach gemeinsamen Erlebnissen stärker erscheinen als die Furcht vor dem Unbekannten.

Sie entschieden sich schließlich für Split in Kroatien. Die Wahl fiel ihm leicht, denn er kannte diese Stadt bereits, hatte ihre Straßen durchstreift, ihre Kultur verinnerlicht und sprach die Sprache. Elisa hingegen war noch nie in Kroatien gewesen. Die Vorstellung, ihr diese Welt zu zeigen, die für ihn so vertraut und zugleich geheimnisvoll war, versprach, ein Abenteuer zu werden. Es war, als ob er ihr ein Stück seines eigenen Lebens vorstellen würde, in der Hoffnung, dass sie sich ebenso in diese Stadt verlieben würde, wie er es getan hatte.

»Ich freue mich so sehr auf unseren gemeinsamen Urlaub«, sagte sie, ihr Gesicht strahlte vor Vorfreude.

»Ich stelle mir schon jetzt vor, wie wir Hand in Hand durch die schmalen Gassen der antiken Altstadt schlendern«, fügte sie hinzu.

In ihren Augen lag der Glanz von imaginären Erlebnissen, die noch in der Zukunft lagen, doch bereits jetzt die Gegenwart durchzogen. Er stellte sich vor, wie er sie durch die verwinkelten Gassen der Altstadt trägt, während ihre Sommerkleider und das schulterlange Haar in einem Tanz des Windes wirbeln. Die Vorstellung war so lebendig, dass er beinahe den Duft des Lavendels in der Nase und die Wärme der Sonne auf seiner Haut spüren konnte.

Elisa hatte bereits unzählige Male die Flugzeuge bestiegen, doch diesmal war ihre Gedankenwelt anders. Sie war beschäftigt mit der Vorstellung, wie es wohl sein würde, sich mit Mario in dieser fremden Stadt aufzuhalten, die durch seine Erzählungen zugleich vertraut geworden war. Ihre Gedanken schweiften ab, durchzogen von der Neugier, wie die vertrauten Geschichten, die sie von ihm gehört hatte, sich in der Realität entfalten würden. In ihren Gedanken vermischten sich die Bilder der neuen Umgebung mit den Erinnerungen an Marios Beschreibungen und sie konnte nicht anders, als sich von der Vorfreude auf das kommende Abenteuer mitreißen zu lassen.

Mario ließ seine Gedanken durch die weite, unbekannte Landschaft des Fliegens schweifen. Er stellte sich vor, wie es wohl sein würde, zum ersten Mal in einem Flugzeug zu sitzen, die Welt aus einem neuen Blickwinkel zu betrachten. Doch die Vorstellung war flüchtig und beinahe nebensächlich im Vergleich zu den lebhaften Bildern, die in seinem Kopf lebendig wurden. Die Vorfreude auf die gemeinsamen Abenteuer mit Elisa, die er sich mit großer Detailverliebtheit ausgemalt hatte, überdeckte die leisen, flüchtigen Zweifel. In seiner Vorstellung waren die Straßen von Split schon von einem goldenen Licht durchzogen und die Unsicherheiten der Reise verwandelten sich in ein verheißungsvolles Abenteuer, das ihn voller Erwartung erfüllte.

Als er einige Tage später bei ihr war, ließ er sich von der Erinnerung an seine Freude hinreißen, mit ihr gemeinsam zu verreisen. Ihre Reaktion war zunächst ein Moment der Nachdenklichkeit. Schließlich sagte sie: »Heute habe ich eine E-Mail von der Reisegesellschaft erhalten. Der Flug nach Split wurde abgesagt. Aber sie haben uns eine Alternative angeboten – einen Flug nach Teneriffa zum gleichen Preis.«

Während sie diese Worte aussprach, hatte er das Gefühl, machte sich in ihrem Gesicht ein leuchtendes Strahlen breit, das weit über die anfängliche Begeisterung für

Split hinausging. Es war fast so, als ob Teneriffa ihr eine lang ersehnte Möglichkeit bot, die sie bisher nur heimlich erträumt hatte. Ihre Freude schien plötzlich greifbar und lebendig, wie ein unentdecktes Kapitel eines Abenteuers, das gerade erst begann.

»Teneriffa?«, sagte er, überrascht, während er sich bemühte, keine Spur seiner leisen Enttäuschung zu zeigen. Natürlich fragte sie nicht, was konkret in dieser E-Mail stand. Es war nicht nur Vorsicht, sondern auch ein instinktives Vermeiden, eine stille Übereinkunft, die er mit sich selbst traf. Er wusste, dass manche Dinge besser im Verborgenen blieben, um kein Misstrauen in ihr zu wecken, ein zartes Gleichgewicht zu bewahren, das nur durch Schweigen aufrechterhalten werden konnte. In der Stille, die folgte, lag eine Akzeptanz, dass nicht alles hinterfragt werden musste, um die fragile Harmonie nicht zu stören.

In seinem Kopf formte sich die Vorstellung des weitaus längeren Flugs, der ihn dreimal so lange von seinem Ziel trennen würde, als es der direkte Weg nach Split getan hätte. Doch er verdrängte diese Gedanken und ließ sich von der Stimme seiner eigenen Gefühle leiten.

»Egal, wohin der Flieger fliegt, ich fliege mit dir«, fügte er hinzu und seine Stimme klang wie ein Versprechen, das die Distanz und den Umweg überbrückte.

Er griff mit seinen Händen um ihre Taille, zog sie in seine Arme und hob sie hoch, wie er es oft tat, wenn Worte versagten, um das Ausmaß seiner Gefühle und seiner Liebe auszudrücken. Sie schlang ihre kräftigen Oberschenkel um ihn, in einem festen Klammergriff, der ihn zugleich festhielt und umhüllte. Die Wärme und Stärke ihrer Berührung war ein stilles Versprechen, eine körperliche Nähe, die Worte nicht ausdrücken konnten. In dieser Umarmung verschmolzen ihre Körper zu einem geheimnisvollen Tanz.

Ein paar Tage später präsentierte sie ihm die Unterkunft, die sie im Nordwesten von Teneriffa gefunden hatte. Eine Finca in *Valle de Guerra*, einem bunten Paradies. Mit einem fast feierlichen Ernst zeigte sie ihm die Bilder. Sie zeigten einen Garten, in dem die Farben der Blumen wie lebendige Farbkleckse auf der Leinwand einer Künstlerfantasie verstreut waren. Üppige, grüne Pflanzen umrahmten das saftige Gras, das im sanften Licht der Nachmittagssonne schimmerte. Ein kleiner, versteckter Pfad aus groben Steinplatten schlängelte sich durch das Grün und an seiner Seite luden ein paar in zarten Pastelltönen gehaltene Liegestühle zum Verweilen ein. Der Swimmingpool in der Mitte funkelte wie ein edles Juwel, umgeben von einer Vielzahl an Terrakottatöpfen, die in einer eleganten Reihe standen. Jeder Topf war ein kleines Universum für sich, gefüllt mit unterschiedlichen Sorten von Kakteen, die in ihrer Schönheit und in ihren bizarren Formen und subtilen Farben erstrahlten.

Ihre Augen funkelten und ihr Lächeln strahlte vor Vorfreude und Aufregung. Ihre Begeisterung war wie eine Welle, die sich in den Raum ausbreitete und er fand sich selbst mitgerissen von der Leichtigkeit und Wärme ihrer Vorfreude. In der Dunkelheit der Nacht, erwachte er neben Elisa, der Körper schweißnass und von der

Schwere des Traums erdrückt. Die Umrisse des Zimmers verschwammen in einem Grauschleier, der wie ein Schleier der Verwirrung über seine Gedanken lag. Er hatte geträumt, dass Anna, wie aus einem Albtraum geboren, eines Abends vor Elisas Tür stand und sich als seine Geliebte offenbarte. In diesem Moment, als die Reste des Traums langsam verblassten und die Realität wieder in den Vordergrund trat, erkannte er mit einer schmerzhaften Klarheit, wie gefährlich und verworren die Situation für ihn war. Die Furcht und die Unruhe, die der Traum zurückgelassen hatte, erinnerten ihn an die Realität, der er vergeblich versucht hatte zu entfliehen.

Elisa erwachte in der Stille der Nacht, ihr Atem noch tief und gleichmäßig, als sie die unruhigen Bewegungen spürte, die ihn aus dem Schlaf gerissen hatten. Ihre Augen suchten im Dunkel nach ihm und sie murmelte mit einem Hauch von Besorgnis: »Mario, was ist los?«, seine Stimme, noch gebrochen von den Überresten des Traums, flüsterte: »Ich hatte einen Albtraum.«

Er wandte sich ab und konnte sich nicht dazu bringen, die unheimliche Gestalt zu benennen, die ihn in seinem Traum heimsuchte. Er drehte sich langsam wieder zu ihr, seine Bewegungen vorsichtig, um die Fragilität des Moments nicht zu stören. Mit einem leisen Seufzer legte er seine Arme um ihren warmen Körper, der sich in der Dunkelheit wie ein sicherer Hafen anfühlte. Seine Lippen fanden den zarten Fleck hinter ihrem linken Ohrläppchen und während er die Wärme ihrer Haut spürte, flüsterte er ihr leise ins Ohr: »Ich liebe dich.«

Die Gedanken an den bevorstehenden Flug in zwei

Wochen schwebten in seinem Kopf, während er kräftig in die Pedalen seines Fahrrads trat. Obwohl er erstmal in die Praxis fuhr, schien ihn jeder Tretvorgang ein Stück näher zu der aufregenden Reise zu bringen, die vor ihm lag. Die kühle Morgenluft und der Rhythmus der Pedale, verwoben sich zu einem unmerklichen Puls der Vorfreude, der ihm Energie für die Zeit bis zum Abflug verlieh.

Während er kräftig in die Pedalen trat und die Straßenlandschaft an ihm vorbeizog, schlich sich der Gedanke an den Nachmittag auf Elisas Terrasse wieder in seinen Kopf. Sie hatte ihm aus ihrem neu begonnenen Roman vorgelesen, mit einer Stimme, die sich mit dem Klang der Blätter im leichten Sommerwind verwob. Die Bilder und Gedanken aus dieser Stunde drängten sich zwischen die Tretbewegungen, als er an ihre erwartungsvollen Augen dachte, die auf ein Urteil warteten. Er war kein Experte, keine kritische Stimme, die ihre Schrift auf ein neues Level hätte heben können. Stattdessen konnte er nur die ruhige Präsenz des Zuhörers bieten, der ihre Leidenschaft ohne tiefere Einsichten erwidert.

Während die Pedale unter ihm surrten und der Wind durch die Bäume rauschte, schob sich eine andere Erinnerung in seine Gedanken – eine, die in den Schichten der Zeit tief vergraben war. Er sah sich selbst als Kind vor dem Fenster seines kleinen Zimmers, den Blick auf das verregnete Dorfbild gerichtet. In den Händen hielt er ein Blatt Papier, darauf sein erstes zaghaftes Liebesgedicht, das er für die erste Liebe seines Lebens geschrieben hatte. Mit klopfendem Herzen legte er das Blatt auf die Fensterbank des Hauses, in dem sie lebte, das Papier sorgfältig beschwert mit einem glatten Stein, der von den Straßen der Kindheit stammte.

Vielleicht würde sich bald eine Gelegenheit bieten, mit dem Schreiben zu beginnen, dachte er sich. Vielleicht auf Teneriffa, wo die Landschaft wie ein leeres Blatt Papier vor ihm ausgebreitet war, bereit, von seinen Gedanken gefüllt zu werden.

Als er in die Praxis eintrat, empfing ihn die Rezeptionistin mit einem schlichten, aber bedeutsamen Blick.

»Eine Frau hat nach dir gefragt«, begann sie, »und sie wollte unbedingt bei dir einen Behandlungstermin buchen.«

Mario hielt einen Moment inne und fragte dann: »Hieß diese Frau Anna?« Die Rezeptionistin nickte, als ob sie ein Rätsel gelöst hätte. Er schlenderte in den Aufenthaltsraum, seine Gedanken wirbelten umher. Mit vertrauten Bewegungen bereitete er sich eine Tasse Kaffee zu. Während er das heiße Getränk in den Händen hielt, versank er in den wirren Gedanken über seine nächste Vorgehensweise. Mit entschlossenen Schritten kehrte er an den Empfang zurück, wo die Rezeptionistin ihn mit einem Blick begrüßte, der Fragen aufwarf.

»Falls diese Frau erneut auftauchen sollte und nach Terminen fragt«, begann er, »teile ihr bitte mit, dass ich ausgebucht bin.«

Sein Tonfall war ruhig, doch in seinen Augen lag ein Funken Entschlossenheit, der die Unausgesprochenen Bedenken verbarg.

Eine neue Front der Bedrohung tat sich auf, unsichtbar, aber spürbar. Anna könnte in der Praxis Gerüchte streuen oder vor dem Gebäude warten. Um dem zu entkommen, wählte er immer öfter den Hinterausgang, als wäre er auf der Flucht vor einem ungreifbaren, aber ständigen Unheil. Die Gewohnheit, die ruhige Abseitsstraße zu benutzen, wurde für ihn zu einem schützenden Ritual.

Sophie stand auf, das Manuskript an ihre Brust gepresst und ließ ihren Blick über den stillen See gleiten. Die sanfte Spiegelung des Wassers schien mit der Stille in ihr zu korrespondieren. Obwohl sie den Drang verspürte, weiterzulesen, meldete sich eine leise, aber eindringliche Stimme in ihr – eine Stimme, die sie dazu aufforderte, noch einmal zu dem verlassenen Haus zurückzukehren. Vielleicht, dachte sie, könnte sie dort etwas entdecken, das die Geschichte in dem Manuskript auf unerwartete Weise bereichern würde. Sie schob das Manuskript sorgfältig in den Rucksack und machte sich auf den Weg. Als sie das Haus erreichte und die Tür hinter sich schloss, wurde sie von einem warmen Duft empfangen – der Geruch von altem Holz und aufgewirbeltem Staub, der in der Luft lag wie ein vertrautes Geheimnis. Sie ließ ihren Blick durch den Raum wandern, schloss ihre Augen, als wollte sie die vergessenen Geschichten und das Leben, das einst in diesen Wänden pulsierte, spüren.

Als sie die Tür hinter sich schloss, fiel ihr Blick auf einen schmalen Pfad, der sich sanft zum See hinab schlängelte. Der Pfad führte sie zu zwei hölzernen Ruderbooten, die am Ufer lagen – eines klein und das andere größer. Das größere der beiden Boote war durch ein Loch im Boden gezeichnet, aus dem sich eine Pflanze ihren Weg nach draußen bahnte. Beide Boote waren von einer dichten Moosschicht überzogen und die abgenutzten Ruder, deren Holz sich schon weitgehend abgelöst hatte, steckten noch immer in ihren Halterungen. Alles wirkte wie ein stilles Relikt aus einer längst vergangenen Zeit. Sie ließ meine Hand sanft über die abgeblätterte Holzoberfläche des kleinen Ruderbootes gleiten. Die Finger spürten die rauen, verwitterten Kanten, und sie fragte sich, welche Geschichten sich hinter diesen Booten verbargen. Wer waren die Menschen, die in diesen Booten gesessen hatten? Welche Erinnerungen hatten sie auf den spiegelglatten Wellen des Sees eingefangen? Sie ließ ihren Blick noch einmal über die stille Wasseroberfläche des Sees gleiten, als ob sie etwas darin erblicken wollte, das sich vor ihr verbarg. Dann wandte sie sich ab und schlenderte zurück zu ihrem Zelt. Die Dämmerung setzte langsam ein, und die Welt begann, sich in ein tiefes Blau zu hüllen.

Die Müdigkeit schien sie in diesem Moment zu umschiffen. Die Eindrücke vom See hatten eine neue Neugier in ihr geweckt, eine Art leises Drängen, das sie dazu brachte, das Manuskript wieder in die Hand zu nehmen und weiterzulesen.

8

Am Abend vor dem Abflug nach Teneriffa, machte er sich mit dem Auto auf den Weg zu Elisa. Der Flug startete am nächsten Morgen um neun Uhr und so suchte er ihre Nähe, um die letzten Stunden vor dem großen Abenteuer in vertrauter Umgebung zu verbringen.

Während er sie auf ihrem Balkon von hinten in seine Arme schloss und der leichte Wind ihr Haar wiegte, fragte er leise: »Worauf freust du dich am meisten?«

»Ich freue mich darauf, alles, was noch auf uns wartet, mit dir teilen zu dürfen, mein Liebster«, flüsterte sie mit einer Wärme in ihrer Stimme.

»Morgen wirst du zum ersten Mal fliegen. Bist du schon aufgeregt?«, fragte sie, ihre Stimme tanzte vor Aufregung.

»Ja«, antwortete er.

»Seit Tagen ist die Aufregung mein ständiger Gast«, ergänzte er.

Sie wandte sich ihm zu, ihre Arme schlangen sich zärtlich um seinen Hals. Er hob sie hoch, ihre Beine schlossen sich wie eine vertraute Umarmung um ihn. Mit einem sanften Lächeln trug er sie in ihr

Schlafzimmer, wo die Welt um sie herum in den Hintergrund trat und die Stunden von Leidenschaft und Intimität sich wie ein unendlicher Moment dehnten.

Der Morgen brach rasch an und schon um sechs Uhr standen sie bereit, um sich auf den Weg zum Flughafen zu machen. Elisa nahm am Steuer Platz und navigierte sicher durch die stillen, frühen Straßen. Die Aufregung in ihm wurde mit jedem weiteren Kilometer immer spürbarer. Der Weg zum Flughafen war getränkt von einer Vorfreude, die sich mit einer leichten Aufregung vermischte. Im Auto herrschte eine ruhige Stille. Sie sprachen kein Wort und ließen sich von der Unaufgeregtheit des Morgens einhüllen, während die Welt um sie herum langsam erwachte.

Als sie am Flughafen ankamen, lenkte sie das Auto geschickt durch die weitläufige Hochgarage, ein Meer aus glänzenden Karosserien. Zwischen den hunderten von Fahrzeugen, die wie stumme Zeugen der Reisenden in Reih und Glied standen, fand sie eine Lücke, die schon fast verloren zu sein schien.

Auf dem langen Fußweg vom Parkplatz zum Terminal linderte die gleichmäßige Bewegung Marios Aufregung. Jeder Schritt, der die frische Morgenluft durchdrang, schien die unaufhörlichen Gedanken in seinem Kopf zu beruhigen bis sich der Rhythmus seiner Schritte, in den monotonen Hallen des Flughafens verlor.

Elisa bewegte sich mit der Gelassenheit eines vertrauten Reisenden durch die labyrinthartigen Hallen des Flughafens. Ihre Hand führte ihn zielstrebig zur Gepäckabgabe und zum Check-In. Danach durchschritten sie die Sicherheitskontrolle, ein weiterer Ort, der mit der monotonen Effizienz der Routine gefüllt war. Am Gate angekommen, wo sie auf den Abflug warteten, holte Elisa ein Buch aus ihrer Handtasche. Die Seiten des Romans schienen sich im Rhythmus des Trubels um sie herum zu entfalten, ein stiller Begleiter in dieser Übergangszeit. Während sie in die Welt der Worte eintauchte, versuchte er, mit geschlossenen Augen einen Moment der Ruhe zu finden.

Gelegentlich streckte er die Hand aus, um ihre zu berühren, ein zarter Ausdruck seiner Zuneigung. Ihre Finger, die sich flüchtig miteinander verknüpften, schienen für einen Augenblick die hektische Welt um sie herum zu verlangsamen, als ob ihre kleine Verbindung eine Insel der Stille in der wogenden See der Flughafenwarterei bildete.

Der unausweichliche Moment, zugleich der aufregendste Teil der Flughafenprozedur, stand bevor, das Einsteigen ins Flugzeug.

Elisa nahm ihren Platz am Fenster, als ob sie die Welt aus einer neuen Perspektive betrachten wollte, während er sich neben ihr setzte. Nach den routinemäßigen Sicherheitshinweisen, die die Stewardess mit einer fast zeremoniellen Präzision vortrug, begann das Flugzeug zu rollen. Die Vibration des Rollens und das gleichmäßige Rattern der Triebwerke verstärkten sich, als das Flugzeug an Geschwindigkeit zunahm. Die Beschleunigung drückte unsere Körper in den Sitz.

Und dann war es so weit: Das Flugzeug hob ab und die Welt unter ihnen schrumpfte zu einem patchworkartigen Teppich aus Farben. Als das Gewicht der Beschleunigung von ihm abfiel und sich sein Körper wieder entspannte, nahm er einen tiefen Atemzug. Elisa, wieder in der Welt ihres Romans vertieft, schien unbeeindruckt von der neuen Perspektive auf die Welt unter ihnen. Die Seiten ihres Buches raschelten leise im Takt der sanften Luftströmungen, während der Himmel über ihnen weit und unendlich schien.

Als der Flieger auf dem Flughafen von *Granadilla de Abona* im Süden der Insel landete, veränderte sich das Bild draußen schlagartig. Die Sonne, die bereits hoch am Himmel stand, brannte erbarmungslos auf seiner Haut. Der Asphalt der Landebahn schien die Hitze zurückzuspiegeln, als ob er seine eigene kleine Sonne ausgestrahlt hätte.

Elisa hatte schon einen kleinen Mietwagen organisiert. Er nahm den Platz am Steuer ein und startete den Motor, der mit einem leisen Brummen zum Leben erwachte. Die Fahrt führte sie in Richtung *Valle de Guerra* im Nordwesten der Insel. Während der einstündigen Fahrt durchquerten sie die surreale Landschaft des Nationalparks *El Teide*, dessen majestätischer Vulkan sich imposant gegen den Himmel abzeichnete. Der Weg schlängelte sich durch eine Welt von bizarren, fast außerirdischen Formationen und vorbei an der geheimnisvollen Pflanzenwelt Teneriffas. Schließlich erreichten sie die Finca, begann die mühsame, aber aufregende Reise langsam von ihnen abzufallen und die Anstrengung der Fahrt löste sich langsam auf, als sie sich in der farbenfrohen Pracht des Gartens, einem Kaleidoskop aus intensiven, lebhaften Farben, verloren.

Sie traten ein und wurden von einem Raum empfangen, der in seiner Einfachheit und Ruhe eine stille Anziehungskraft ausstrahlte. Die Wände waren von warmen Holztönen durchzogen, die sich mit Pastellfarben des Natursteins vermischten, und das Licht strömte durch die kleinen Fenster, die auf den Garten hinausblickten. Rustikale Möbel, schlicht und funktional, standen in perfektem Einklang mit dem minimalistischen Stil des Hauses.

Mario ließ seinen Blick über die unaufgeregte Einrichtung schweifen und spürte sofort ein Gefühl der Vertrautheit. Die klare Linienführung der Möbel und die edlen, doch unaufdringlichen Materialien schufen eine Atmosphäre, die ihn beruhigte. Er atmete tief ein und wusste, dass er sich hier wohlfühlen würde.

»Hier werde ich mich wohl fühlen«, sagte er, und seine Stimme trug einen Hauch von Erleichterung, als ob er endlich einen Ort gefunden hatte, der seine innere Unruhe beruhigen konnte.

Elisa ließ sich auf einen gepolsterten Stuhl vor einem Kamin nieder, dessen Flammen längst erloschen waren und der nur noch die stille Erinnerung an vergangene Wärme in sich trug und nippte an einem kalten Getränk, das die Sommerhitze in sanfte Kühle verwandelte. Er zog vorsichtig ihre Schuhe aus. Seine Hände arbeiteten sich sanft und bedacht an ihren Füßen entlang, um ihre müden Glieder zu entspannen. Er massierte sie mit einer Zärtlichkeit, die von seiner tiefen Zuneigung zeugte und jeder Griff schien die Worte der Erleichterung, die sie geäußert hatte, zu bestätigen.

»Das tut soooo gut«, sagte sie und in ihrer Stimme lag ein Hauch von sinnlichem Genuss.

»Du tust mir so gut«, fügte sie hinzu mit einer tiefen Zufriedenheit.

»Ich werde uns jetzt etwas Leckeres für den Gaumen zaubern«, sagte er, während er ihre Füße massierte und sie anschließend sanft auf den kühlen Steinboden absetzte.

Seine Stimme hatte diesen ruhigen, fast hypnotischen Ton, der die Versprechungen von kleinen, kulinarischen Freuden umso verlockender machte.

Er ließ den Reis langsam in seinem Topf vor sich hin köcheln, während er den Fisch behutsam in der Pfanne brutzelte. Der Duft von gebratenem Fisch mischte sich mit den frischen, zarten Aromen des mediterranen Salats, den er gerade zubereitete: saftige Tomaten, schwarze Oliven, knackige Gurken und zerbröselter Schafskäse, den er wie kleine, weiße Wolken in der Schüssel verteilte.

Elisa stellte eine Flasche kühlen Weißwein auf den Tisch, der sanfte Klang des Glases hallte für einen Moment nach. Sie arrangierte die kleinen Details mit einer sorgfältigen Hand. Eine zarte, weiße Serviette wurde kunstvoll zusammengefaltet und neben jedem Teller drapiert. Sie platzierte zarte Zweige frischen Rosmarins auf den Tellern. Der Tisch erstrahlte in einem schlichten, aber eleganten Glanz, die Dekorationen schienen die servierten Gerichte zu rahmen, die nur noch darauf warteten, genossen zu werden.

»Mmmmmm, eine Poesie für die Sinne«, sagte sie, ihre Stimme fast wie ein sanfter Werbeslogan, der die Harmonie von Geschmack und Ambiente besingt.

»Es freut mich sehr, dass es dir schmeckt«, sagte er, als wäre er gerade einem geheimen Rezept für das kulinarische Wohlbefinden auf die Spur gekommen.

Er hob das Glas mit dem Weißwein, dessen Oberfläche sich in einen sanften Dunst hüllte, und sah ihr in die Augen. Ihre Blicke verschmolzen und als ihre Gläser sich berührten, erzeugte der Klang einen leisen, feierlichen Ton, der die Atmosphäre mit einer fast spürbaren Stimmung durchzog. Nach dem ersten Schluck stellte er das Glas auf den Tisch zurück. Langsam stand er auf und ging auf sie zu. Er legte seine Lippen auf die ihren, und in dem Moment, als sie sich langsam voneinander lösten, blieben seine Worte in der Luft hängen, ganz nah an ihrem Mund, leise und voller Aufrichtigkeit: »Ich liebe dich.« Es war, als hätten die Worte selbst den Atem angehalten, um in ihrer Nähe eine eigene, intime Welt zu schaffen, wo nur die beiden existierten.

Für sie war es ein Moment, durchzogen von einer tiefen Intimität. Seine Zuneigung umhüllte sie und mit jedem Augenblick, der verstrich, schmolzen ihre Bedenken dahin, als wären sie von der Wärme seiner Nähe fortgetragen worden.

Er drückte seine Zuneigung oft in kleinen, zärtlichen Gesten aus, wie zarten Berührungen und liebevollen Worten. Er hoffte heimlich, dass sie diese Liebe manchmal auch auf eine ähnliche Weise erwidern würde. Doch sie schien sich vor allem daran zu erfreuen, diese unscheinbaren, aber wertvollen Zeichen seiner Zuneigung zu empfangen, ohne selbst große Gesten zu machen. In der bedingungslosen Annahme seiner Liebesgesten, erkannte er ihre stille Zuneigung, die sich in den kleinen Momenten der Dankbarkeit und Wärme offenbarte.

Abends schlenderten sie durch die schmalen, von alten Bäumen gesäumten Straßen eines kleinen Ortes. Die Sonne warf lange Schatten auf den Pflastersteinen und die Luft war erfüllt von einem Duft nach Zitrusfrüchten. Die warmen Farben der Häuser mit ihren verwitterten Fenstern und die frische Brise des Meeres, trugen zu einer entspannten Atmosphäre des frühen Abends bei.

»Sieh dir diese kleinen Cafés an. Sie haben diesen eigenen Charme, findest du nicht?«, sagte Elisa und deutete auf die schmalen, schattigen Straßen, die von der Nachmittagssonne in sanftes Licht getaucht waren.

»Ja«, erwiderte er, während sein Blick über die Fassaden der Cafés wanderte.

»Sie sehen aus, als könnten sie Geschichten aus längst vergangenen Zeiten erzählen. Ich könnte mir vorstellen, dass hier schon viele Menschen ihre Geheimnisse und ihre Träume geteilt haben«, fügte er hinzu.

»Und jetzt teilen wir unsere Träume und Gedanken in diesen Straßen«, sagte sie und hielt einen Moment inne.

»Es hat etwas Magisches«, sagte Mario.

»Als ob wir in einem Moment der Zeit verweilen könnten, der nur für uns gemacht ist«, ergänzte er nachdenklich.

»Ich liebe es, wie du die Dinge siehst. Du hast eine

Art, alles poetisch und tiefgründig zu betrachten«, bemerkte Elisa und lächelte.

»Ich poetisch? Das kann nicht sein. Es liegt daran, dass ich es genieße, mit dir zusammen zu sein«, gestand er.

»Deine Präsenz macht alles intensiver und bedeutungsvoller«, bestätigte er.

»Und ich denke, du bist es, der diesen Moment so besonders macht. Denn du siehst die Welt durch eine andere Linse, und ich darf durch diese Linse schauen«, sagte Elisa und schlang ihren Arm durch seinen, als sie weitergingen.

Ihre Schritte hallten sanft auf dem mit Steinen gepflasterten Weg wider, während sie sich in der Wärme und dem Charme des kleinen Ortes verloren und die Stille ihrer gemeinsamen Augenblicke genossen.

Am nächsten Morgen frühstückten sie im Garten, der wie ein lebendiges Gemälde aus Farben und Formen wirkte. Die Sonne schickte ihre ersten Strahlen durch das dichte Blattwerk, das die Farben der Blumen noch intensiver erscheinen ließ.

Elisa saß dort, umgeben von den leuchtenden Blumen und dem sanften Rauschen der Blätter, als wäre sie selbst ein Teil dieses paradiesischen Bildes. Ihr Lächeln fügte sich nahtlos in das Gesamtbild ein und der Garten schien in ihrer Gegenwart noch lebendiger zu wirken.

Nach dem Frühstück schlug Elisa vor, an die Küste zu fahren, um das Meer und die schwarzen Vulkanstrände zu erkunden. Ihre Augen funkelten bei der Vorstellung und ihre Begeisterung war ansteckend. Mario, der sich bereits von ihrer Vorfreude mitreißen ließ, nickte zustimmend. In der Leichtigkeit ihrer Entscheidung lag eine fast spielerische Vertrautheit.

Die Fahrt entlang der Küstenstraße entfaltete sich wie eine geheimnisvolle Reise durch eine andere Welt. Die Straße schlängelte sich am Rande des Kliffs entlang und der Atlantik breitete sich in seiner vollen Pracht vor ihnen aus. Die Wellen rollten mit einem kraftvollen Rauschen gegen die Küste.

»Sieh dir den Strand an«, sagte Elisa, ihre Stimme trug eine leise Faszination.

»Der Sand ist ganz schwarz«, fügte sie hinzu.

»Faszinierend«, sagte er, während sein Blick über die ungewöhnliche Küstenlinie glitt.

»Wie mag sich dieser schwarze Sand wohl unter unseren Füßen anfühlen?«, fragte er.

»Wir werden es gleich erfahren«, sagte sie mit einem Lächeln, das die Vorfreude in ihren Augen widerspiegelte.

»Der schwarze Sand ist fein und kontrastiert so stark mit dem blauen Meer«, sagte sie, während ihre Füße sanft über die raue Textur des Sandes strichen.

»Ja, es fühlt sich wirklich fein an«, erwiderte er, während er langsam seinen Fuß in den schwarzen Sand grub.

»Was sind deine Träume?«, fragte er, während er sie von hinten umarmte und ihren Blick in die unendliche Weite des Ozeans verlor.

»Ich träume von uns«, antwortete sie. »Ich träume von einer kleinen Holzhütte am See, groß genug für uns beide. Dort leben wir und schreiben Bücher—Bücher, die Menschen fesseln.«

»Und von einem kleinen Ruderboot, mit dem wir jeden Morgen den See erkunden«, fügte sie noch hinzu.

Sie sprach weiter, während er sie festhielt und die Sehnsucht ihrer Träume spürte. Schließlich sagte er: »Ich möchte deine Träume mit dir leben.«

Dann flüsterte er ihr ins Ohr: »Du bist mein Zuhause.«

Er hielt sie weiterhin mit seinen Armen umschlungen, während der Ozean als stummer Zeuge ihrer Träume vor ihnen ausgebreitet lag.

Am dritten Tag schlug Elisa vor, in den Nationalpark *El Teide* zu wandern, hinauf zum Gipfel. Als sie ihm die Bilder aus dem Internet zeigte, konnte er sich kaum von den surrealen Landschaften lösen, die sich vor seinen Augen entfalteten. Die bizarren Felsformationen und die weiten, fast außerirdischen Landschaften weckten in ihm eine tiefe, unerklärliche Faszination. Es war, als ob diese fremdartigen Welten eine längst vergessene Saite in seinem Inneren zum Klingen brachten, eine Melodie, die ihn in eine Dimension zog, in der die Realität ihre festen Grenzen verlor. Die unwirklichen Formen und endlosen Weiten ließen ihn erkennen, wie klein und zugleich wie unendlich der menschliche Geist sein kann.

»3718 Meter. Das müsste der höchste Berg Spaniens sein«, sagte er, während er die Informationen und die Bilder studierte und eine gewisse Neugier in seiner Stimme mitschwang.

»Wir könnten bis auf 2000 Meter mit dem Auto fahren

und anschließend die Seilbahn bis auf 3500 Meter nehmen«, schlug sie vor, während sie durch die Seiten des Reiseführers blätterte.

»Ja, das klingt nach einem guten Plan«, sagte er, während ein Hauch von Vorfreude in seiner Stimme mitschwang.

Er öffnete ihr die Tür des kleinen Wagens und nahm Platz am Steuer ein. Die Fahrt zur Seilbahnstation zog sich über etwas mehr als eine Stunde, während er den Wagen behutsam durch die sich wandelnde und spektakuläre Landschaft des Nationalparks steuerte. Die sanften Kurven der Straße, die sich durch die wilden, tiefen Schluchten und die bizarren Lavaformationen schlängelten, schienen ihn in einen ruhigen Rhythmus zu versetzen.

Als sie an der Station ankamen, erblickte er von weitem die Ansammlung von Menschen, die vermutlich auf ihre Tickets für die Seilbahn warteten. Elisa stieg aus und ließ die kühle Luft einen Moment lang auf sich wirken, bevor sie sich unverzüglich in die Menschenmassen begab.

»Es gibt leider keine Tickets mehr«, sagte sie enttäuscht, ihre Stimme trug den Klang eines leisen Aufeinandertreffens von Hoffnung und Resignation.

»Dann gehen wir zu Fuß«, schlug er vor und in seiner Stimme lag keine Spur von Enttäuschung, nur eine stille Entschlossenheit, die den Moment in eine andere Richtung lenkte.

Er öffnete ihr die Tür des Wagens und sie stieg ein. Der Wagen rollte durch die karge, majestätische

Landschaft, und der silberne Glanz des hohen Himmels spiegelte sich in der Windschutzscheibe. Am Parkplatz angekommen, stiegen sie aus und der Wind wehte ihnen frische, klare Bergluft entgegen. Die Wanderung zum Gipfel begann, eine Reise durch die majestätische Weite der kargen Berglandschaft. Der Wanderweg schlängelte sich in sanften Serpentinen in Richtung Gipfel.

Nach vier Stunden, durchzogen von Gesprächen und Schweigen, erreichten sie eine Höhe von 3200 Metern. Der Ausblick, eingefangen in einem Meer aus Wolken, breitete sich vor ihnen aus und wirkte wie ein geheimer Ort, von dem nur die Berge und der Himmel wussten.

Die Kälte kroch langsam über ihre Haut, und Elisa, die sich in ihre Jacke gekuschelt hatte, schlug vor, den Rückweg anzutreten. Er nickte zustimmend.

Der Himmel war bereits von einem Dämmerlicht durchzogen, als sie kurz vor Dunkelheit das Auto erblickten, das einsam am Parkplatz stand, bereit, sie zurück in die Wärme der tiefer liegenden Welt zu bringen.

»Zum Glück sind wir nicht noch weiter in Richtung Gipfel gewandert«, sagte sie, die Erschöpfung und Erleichterung in ihrer Stimme vermischten sich.

»Sonst müssten wir jetzt im Dunkeln unser Auto suchen«, stellte sie fest.

»Ja, es war ein guter und kluger Gedanke von dir, zurückzukehren«, sagte er lobend.

»Ich werde uns jetzt sicher zurück zu unserer Finca bringen, dir deine Füße massieren und dich mit meinem Körper wärmen«, sagte er vielversprechend. Sie lächelte ihn an, und in ihren Augen schimmerte ein Funke von

Vorfreude, der ihm ein warmes Gefühl vermittelte.

Er steuerte den Wagen mit ruhiger Aufmerksamkeit, mit einem leisen Lächeln auf den Lippen, während die Gedanken an die kommenden, warmen und gemütlichen Stunden mit Elisa in der Finca seine Vorfreude näherten.

Am letzten Tag schlug Mario vor, sich einen entspannten Tag mit Elisa am Strand und in der näheren Umgebung zu gönnen. Die Stunden vergingen wie in Zeitlupe, während er mit ihr neue Wege entlang der Küste erkundete. Sie entdeckten Bananenpalmen, die wie geheimnisvolle Wächter mit ihren noch unreifen Früchten dastanden.

In einem kleinen Café, dessen Atmosphäre von einer leisen Melancholie durchzogen war, machten sie sich gemütlich. Mario begann, Anekdoten aus seiner Kindheit zu erzählen, während der sanfte Klang der Kaffeetassen und das leise Murmeln anderer Gäste die Hintergrundmusik bildete.

Er ließ seine Gedanken in die Vergangenheit gleiten, schilderte Geschichten, die zwischen kindlicher Unbeschwertheit und den ersten zarten Fäden des Erwachsenwerdens schwebten. Seine Stimme trug die Erinnerungen, und immer wieder griff er nach Elisas Hand, um ihr seine Zuneigung auf eine sanfte, aber klare Weise zu zeigen.

Diese kleinen Berührungen waren wie kurze Verse eines Gedichts, das nur für sie geschrieben war.

Der Tag des Rückflugs brach an und die Stunden bis zum Flug waren durchzogen von einer leichten

Melancholie und Wehmut. Ihre Gefühle flossen wie leise Wellen durch die verbleibende Zeit, während sich gleichzeitig eine leise Vorfreude auf die vertraute Umgebung in ihm mischte. Der Abschied war ein bittersüßer Moment, in dem sich die Vergänglichkeit des Augenblicks mit der Sehnsucht nach dem Bekannten verband.

»Ich würde so gerne noch länger hierbleiben. Hier fühle ich mich dir so nahe«, sagte sie und ihre Stimme trug eine leise Trauer.

»Das würde ich auch gerne«, entgegnete er.

»In deiner Nähe finde ich eine Ruhe, die sich schwer in Worte fassen lässt. Es ist ein Gefühl des Wohlseins, das tief in mir nachhallt, als würde die Welt um uns herum in einem harmonischen Takt schlagen«, fügte er hinzu.

Er bepackte das Auto sorgfältig mit den Taschen, als ob er ein kuratiertes Kunstwerk vorbereiteten würde und lenkte es dann achtsam in Richtung Flughafen im Süden der Insel.

Die Fahrt war von einem gedämpften Gefühl der Abschiedsstimmung durchzogen, während Elisa neben ihm saß, ihre Gedanken vielleicht ebenso auf den baldigen Rückflug gerichtet wie seine eigenen.

Wir saßen bereits im Flugzeug und die Welt unter uns begann, sich langsam von der Realität zu lösen. Elisa nahm ihren Platz am Fenster ein, während er sich neben ihr niederließ. Sie zog ihr Buch aus der Tasche und tauchte sofort in die Welt der Seiten ein und ihr Gesicht sah aus, als ob die Worte sie in ein anderes Leben entführten. Mario schloss die Augen und versank in tiefer

Entspannung.

Die Zeit während des Fluges schien sich zu dehnen, wie ein endloser Raum, in dem Minuten zu Stunden wurden. Er betrachtete das gleichmäßige Auf und Ab von Elisas Atem, die in ihrem Sitz eingeschlafen war, während die Welt außerhalb in einem verschwommenen Nebel, Wolken und Licht verhangen blieb. Ihre Ruhe verlieh ihm eine stille Vorfreude, und die Landung rückte immer näher.

»Meine Liebste, wir sind gelandet«, sagte er sacht, mit einer Mischung aus Erleichterung und Zärtlichkeit, darauf bedacht, sie nicht abrupt aus ihrem Schlaf zu reißen.

Während sie sich langsam orientierte, holte er das Handgepäck aus den aufklappbaren Fächern, die sich über den Sitzen befanden, heraus. Mit sicherer Bewegung nahm er ihre Hand und führte sie behutsam in Richtung Ausgang.

Er gönnte ihr noch eine kleine Erholung im Auto und übernahm das Steuer für die Fahrt nach Hause. Mit einem liebevollen Lächeln versprach er ihr ein gemeinsames, entspannendes Bad in ihrer Badewanne. Ihr Gesicht erstrahlte bei diesem Vorschlag.

Nachdem sie bei ihr zu Hause angekommen waren, ließ sie das Wasser für die Badewanne einlaufen und schuf eine entspannende, duftende Atmosphäre im Badezimmer. Als er das Badezimmer betrat, lag sie bereits in ihrer vollkommenen Schönheit im warmen Wasser. Er trat ebenfalls in die Wanne und ließ das Wasser um ihnen herum aufsteigen.

Ihre Haut glänzte im Licht, ihr Gesicht war eine gelassene Maske der Entspannung. Mit einem leisen Lächeln beugte er sich zu ihr und legte einen zärtlichen Kuss auf ihren Mund. Ihre vollen Lippen waren für ihn ein faszinierendes Detail ihrer Schönheit. Langsam ließ er sich wieder ins Wasser sinken und sein Blick blieb auf ihr ruhiges, friedliches Gesicht gerichtet.

»Dreh dich um, ich möchte dir deinen schönen Rücken schrubben«, sagte er leise, als ob er einen geheimen Wunsch äußerte.

Sie drehte sich geschickt und er ließ seine Lippen sanft über ihren Rücken gleiten, als würde er eine Zeichnung auf ihrer Haut anfertigen.

Dann nahm er den Waschlappen und begann, mit sanften, kreisenden Bewegungen ihre Haut zu pflegen. Die Berührung war zärtlich und behutsam, als ob er den Moment selbst wie eine wertvolle Erinnerung festhalten wollte.

Als ihr Rücken, nun weich und glatt, perfekt gepflegt war, schmückte er ihn ein letztes Mal mit seinen warmen Lippen, um einen letzten Hauch von Zärtlichkeit zu hinterlassen. Dann stieg er aus der Badewanne, ließ sie in der stillen, duftenden Atmosphäre zurück und verschwand leise aus dem Raum, um ihr die wertvolle Zeit für sich selbst zu lassen.

Müde und zufrieden schloss Sophie die Augen, legte das Manuskript vorsichtig neben sich ab und drehte das Licht aus. Als der Morgen mit ihr erwachte, konnte sie es nicht abwarten, weiterzulesen.

9

Nach der gemeinsamen Zeit auf Teneriffa wusste er, dass er sein Leben mit Elisa teilen wollte. Sie war die Frau, die ihm alles gab und bei der er sich endlich angekommen fühlte. Dieses Gefühl hatte sich schon länger in ihm eingenistet, doch nun war es in seiner Klarheit unerschütterlich und es gab nichts mehr, das ihn an seinem Entschluss zweifeln ließ.

Der Alltag schlich sich allmählich wieder ein. Während er auf seinem Fahrrad zur Praxis radelte, konnte Elisa in aller Ruhe von zu Hause aus arbeiten.

Auf den Wegen dorthin stellte er sich oft vor, wie es wäre, wenn sie jeden Tag gemeinsam einschliefen und gemeinsam aufwachten, wenn er seine Gedanken, seine Zeit, seine kleinen Momente mit ihr teilen könnte. Er träumte davon, wie es wäre, wenn sich ihre Wege nicht nur auf die wenigen gemeinsamen Stunden am Tag beschränkten, sondern zu einem fortwährenden Zusammensein. Doch oft blieb diese Vorstellung ein flüchtiger Gedanke, der sich in den schnellen Bewegungen seines Alltags verlor, denn er wusste, dass für Elisa noch nicht die Zeit gekommen war. Er bemühte sich, die kostbaren

Stunden mit ihr zu schätzen, auch wenn der Wunsch, jeden Tag bei ihr zu sein, in ihm lebendig blieb. An Dienstagen und Freitagen, wenn er sie in seine Arme schloss, fühlte er sich wie auf einer Welle der Freude. In diesen Momenten, wenn ihre Nähe ihn umhüllte, fand er ein Gefühl von Vollständigkeit.

Er war sich jedoch sicher, dass die Dynamik seiner Beziehung zu Elisa von vielen Prozessen abhängen würde. Während ihn diese Überlegung beschäftigte, schlich sich ein unangenehmer Gedanke in seinen Kopf ein, der ihn nicht ganz losließ. Anna. Seit ihrem letzten Besuch in der Praxis vor einigen Wochen herrschte Ruhe. Dennoch empfand er eine seltsame Mischung aus Erleichterung und Hoffnung, dass sie es endlich verstanden hatte.

Doch tief in seinem Innersten fürchtete er, dass sie heimlich einen Plan schmiedete und eines Tages vor Elisas Tür stehen würde, um ihr zu erzählen, dass sie im Februar des letzten Jahres mit Mario geschlafen hatte. Es war eine Zeit, in der er Elisa erst seit zwei Monaten kannte und selbst jetzt konnte er nicht ganz verstehen, warum er es damals getan hatte. Aber er wusste, dass es ihm nichts bedeutete, im Gegensatz zu dem, was es für Anna war. Immer wieder beschlich ihn das Gefühl, handeln zu müssen, doch die Konsequenzen, die daraus erwachsen könnten, waren zu dunkel und ungewiss, um sich diese klar auszumalen. Zu seiner Freude verbrachten Elisa und er immer mehr Zeit miteinander und er übernachtete sogar unter der Woche bei ihr.

An diesem Morgen im Juni 2023 hatte Elisa einen Zahnarzttermin. Während sie bereits aufgebrochen war, blieb er noch im Bett, auf der Seite liegend und darüber nachdenkend, wie er sie nach ihrer Rückkehr empfangen würde. Plötzlich fiel sein Blick auf ein Büchlein auf dem Nachttisch. Anfangs dachte er, es sei ein Notizblock für ihre Einkäufe, doch als er ihn in die Hand nahm, wurde ihm klar, dass es mehr war. Es war ein Tagebuch. Elisas Tagebuch.

Ihm war bewusst, dass es ein absolutes Tabu wäre, in ihrem Buch zu lesen. Doch die Neugier hatte ihn gepackt und er konnte nicht anders. Mit einem tiefen Atemzug schlug er das Tagebuch auf und begann zu lesen.

In dem Geschriebenen stieß er auf Einträge über einen Mann, mit dem sie parallel zu ihm eine Beziehung hatte. Diesen Mann hatte er bereits kennengelernt, als Elisa ihn als einen Freund vorgestellt hatte. Die Erinnerung an eine bestimmte Szene aus diesem Abend wurde plötzlich lebendig. Er hatte mit Elisa und diesem Mann am Tisch gesessen. Als der Mann aufstand, um zu gehen, begleitete ihn Elisa zum Ausgang. Mario hatte sich kurz darauf ebenfalls erhoben, um sich von Elisas Freund zu verabschieden, und sah, wie sie sich vertraut in den Armen lagen. Die Szene war ihm damals nicht klar, doch jetzt, als er die Einträge in ihrem Tagebuch las, erschien sie in einem neuen Licht.

Es folgten weitere Einträge, in denen sie von zwei »Zwischenschüben« sprach, wie sie es in ihrem Tagebuch nannte. Zwei andere Männer, die in ihrem Leben auftauchten. Sein Herz begann zu rasen und eine schwere Klammer schnürte sich um seine Brust, während er diese Zeilen las.

»Das kann nicht sein. Nicht meine geliebte Elisa. Das könnte sie mir niemals antun«, redete er sich ein, als ob die Worte vor ihm eine andere Realität offenbarten, die einfach nicht in seine Welt passen wollte.

Unter Tränen las er weiter. In der Woche nach ihrer Ankunft von Teneriffa hatte Elisa ein Date mit einem vierten Mann. Mario, wie paralysiert von den Enthüllungen, konnte seine Emotionen nicht ordnen. Das Tagebuch lag offen auf dem Bett, als er, ohne sich weiter Gedanken zu machen, aus dem Haus ging, sich ins Auto setzte und losfuhr. Die Straße vor ihm schien sich endlos zu dehnen, die Gedanken in seinem Kopf wie ein wirbelnder Sturm. Er bog abrupt in den Wald ab, als die Realität um ihn herum verschwamm. Seine Hände zitterten am Lenkrad und es fiel ihm schwer, sich auf die Fahrt zu konzentrieren. Die Stille des Waldes, die ihn umgab, konnte ihn nur wenig beruhigen; der Schmerz und die Verwirrung waren zu überwältigend.

Als er sich einigermaßen gefangen hatte, drang eine leise Stimme in ihm hervor, die ihm sagte, dass er bedachter hätte handeln sollen. Nicht aus impulsiven Emotionen heraus, sondern mit einem klaren Kopf hätte er die Situation betrachten sollen. Er hätte auf sie warten und sie direkt mit den Einträgen konfrontieren können. Diese Vorgehensweise, dachte er sich, wäre sicherlich klüger gewesen. Die Erkenntnis überkam ihn zu spät.

Nach einer Weile stieg er aus dem Auto und atmete tief durch. Der frische, feuchte Duft des Waldes mischte sich mit dem bittersüßen Geruch seiner aufgewühlten Gedanken. Er ging ein paar Schritte, bis er sich auf einem umgestürzten Baumstamm niederließ. Sein Herz schlug noch immer schnell, aber er versuchte, sich zu beruhigen.

In seinem Kopf tobten Fragen und Zweifel. Wie konnte er so blind gewesen sein? Wie hatte er die Warnzeichen übersehen können?

Und vor allem: Wie sollte es nun vorgehen? Es war klar, dass er nicht einfach zurückgehen und tun konnte, als ob nichts passiert wäre. Die Enttäuschung und der Schmerz waren zu tief, um sie zu ignorieren.

»Warum habe ich es gelesen? Warum?«, wiederholte er immer wieder vor sich hin, als ob er sich selbst durch das ständige Fragen eine Antwort geben könnte.

Der Gedanke, in Elisas intimste Privatsphäre eingedrungen zu sein, quälte ihn unaufhörlich. Jeder Blick auf das Tagebuch, erschien ihm, wie ein tiefer Schnitt in seine eigene Seele zu sein. Es war nicht nur der Schmerz, den die Enthüllungen verursachten; es war auch die Erkenntnis, dass er durch sein Handeln eine Grenze überschritten hatte, die nicht überschritten werden sollte.

Seine Liebe zu Elisa war so tief und stark, dass der Gedanke, sie in irgendeiner Weise verletzt zu haben, ihn innerlich schmerzte. Er fühlte sich, als hätte er sich selbst doppelt verletzt – zuerst durch das Eindringen in ihre Privatsphäre und dann durch die Wunde, die diese Entdeckung in seinem Herzen hinterlassen hatte.

Ein paar Tage blockierte er den Zugang zu den möglichen digitalen Nachrichten von ihr, als ob er sich selbst eine Art Auszeit geben könnte, um seine Gedanken und Gefühle zu sortieren. Doch die Distanz, die er versuchte aufzubauen, half ihm nicht. Die Liebe zu Elisa war unerschütterlich und hielt ihn in einem Zustand der inneren Zerrissenheit. Schließlich konnte er es nicht mehr ertragen, sich weiter von ihr zu distanzieren.

Er nahm all seinen Mut zusammen und entschuldigte sich bei ihr in einer Nachricht. Die Worte, die er wählte, waren durchzogen von einem aufrichtigen Bedauern und einem tiefen Verlangen nach Versöhnung. Die Liebe zu ihr war stärker als der Schmerz, den er durch sein Verhalten verursacht hatte und so suchte er verzweifelt nach einem Weg, um die Wunden zu heilen, die er selbst aufgerissen hatte.

Am nächsten Tag klingelte sein Handy. Erschrocken starrte er auf das Display. Anna. Er wischte mit dem Daumen über das Symbol mit dem grünen Hörer.

»Hallo Mario, ich möchte dich sehen. Wann kann ich zu dir kommen?«, schrieb sie, und ihre Worte schienen die Luft um ihn herum zu erschweren.

»Ich habe keine Zeit und ich möchte das nicht mehr«, antwortete er.

Doch ihre nächste Nachricht kam wie ein drückender Schatten.

»Du solltest dir aber die Zeit nehmen.«

»Warum sollte ich mir die Zeit nehmen?«, fragte er, die Anspannung in seinem Inneren steigend.

»Weil ich sonst deiner Freundin alles erzählen werde«, drohte sie, und die Drohung konnte er in seinem Magen spüren. Sein Herz setzte für einen Moment aus, als ihre Worte ihn trafen wie ein Schuss aus nächster Nähe. Wut kochte in ihm auf, heiß und unaufhaltsam, wie Lava, die durch seine Adern strömte. Die Drohung war mehr als nur ein Satz, es war ein Dolch, der sich tief in sein Inneres bohrte und ihn mit einer schmerzhaften Klarheit erfüllte. Diese Worte hallten in seinem Kopf wider, ihre Schärfe brannte sich in sein Bewusstsein, während sein Verstand von Wut erfasst wurde. Es war, als hätte sie seine verwundbarste Stelle entdeckt und ohne Zögern zugeschlagen. Doch hinter der Wut steckte die nackte Angst, die Angst vor den Konsequenzen, vor der unausweichlichen Zerstörung, die in diesen wenigen Worten lauerte.

Er wollte es schnell hinter sich bringen, um der unangenehmen Konfrontation zu entkommen.

»Du kannst morgen Abend kommen«, sagte er, seine Stimme klang gedämpft.

Sein Bauch zog sich zusammen, als er sich der unausweichlichen Realität bewusst wurde. Sie würde wahrscheinlich verlangen, wieder mit ihm ins Bett zu gehen. Ein Gefühl der Resignation machte sich breit.

Er ignorierte seinen inneren Widerstand und ließ es geschehen, während seine Gedanken bei Elisa weilten.

Am nächsten Morgen, als die ersten Sonnenstrahlen zaghaft durch die Vorhänge drangen, versuchte er verzweifelt, das Geschehene aus seinem Gedächtnis zu verdrängen. Die Unannehmlichkeiten und die Last der vergangenen Nacht, versuchte er in den Tiefen seines Bewusstseins zu vergraben.

Ein betonschweres Gewissen lastete auf ihm und drückte seine Gedanken nieder. Wie sollte er Elisa in die Augen schauen, ohne ihr die Wahrheit zu offenbaren?

Die Frage schien sich immer wieder in seinen Kopf zu bohren, wie eine wiederholte Melodie in einem melancholischen Jazzstück. Vielleicht war jetzt der Moment gekommen, um endlich seine Karten auf den Tisch zu legen, dachte er. Doch während dieser Gedanken in ihm aufstiegen, spürte er erneut, wie der Wunsch nach Harmonie seine Überlegungen überschattete. Die Vorstellung einer aufrichtigen Konfrontation schien so viel schwieriger als die Illusion eines friedlichen Gleichgewichts.

Als er Elisa nach der Enthüllung der Tagebucheinträge wiedertraf, war es wie eine Begegnung zwischen zwei Welten, die sich in einem einzigen Moment vereinten.

Alles, was an Gefühlen da war, durfte sich entfalten. Die Zeit schien in diesem stillzustehen, als er sich ihr langsam näherte, als ob jeder Schritt ein leises Echo seiner inneren Zerrissenheit war. Es war ein langsames Annähern, nicht weil er es bewusst plante, sondern weil die überwältigende Intensität seiner Gefühle ihn antrieb. Die Liebe zu ihr war wie ein endloser Ozean, tief und unerschütterlich, dessen Wellen ihn immer wieder zurück zu ihr trugen.

Eines Abends, während er mit Elisa durch die schwach beleuchteten Straßen schlenderte, begann sie von den Ereignissen zu erzählen, die er bereits in ihrem Tagebuch gelesen hatte. Ihre Stimme war ruhig und nüchtern, und die Dunkelheit um sie herum schien die Schwere ihrer Worte zu verstärken. Die Parallelbeziehung, die sie zu dem Mann unterhielt, den sie ihm einst als guten Freund vorgestellt hatte, war nicht etwa Ausdruck echter Zuneigung oder Leidenschaft gewesen. Vielmehr hatte sie ihm gegenüber, eine Art von Schuldgefühl gespürt – ein Gefühl, das sie mit körperlicher Nähe zu begleichen suchte. Der Mann hatte viel für sie getan und sie entschädigte ihn auf ihre Weise. Sie sprach von den Momenten, als sie sich entschloss, mit ihm ins Bett zu gehen, nicht als Ausdruck von Liebe oder Verlangen, sondern als eine Art Abgleich ihrer eigenen moralischen Bilanz.

Während sie sprach, hielt er ihre Hand in den seinen, eine leise Unterstützung inmitten ihrer Gedanken. Seine Berührung sollte ihr den Raum geben, sich leichter auszudrücken, als ob seine Präsenz allein schon ein Stück des Schmerzes und der Unsicherheit von ihr nehmen konnte. In diesem Moment, in dem Worte und Erinnerungen ineinanderflossen, wollte er ihr das Gefühl geben, dass seine Nähe beständig und seine Liebe unerschütterlich war – unabhängig von der Vergangenheit, die sich zwischen ihnen ausgebreitet hatte. Die Wärme seiner Hände sollte ihr versichern, dass trotz der Schatten, die ihre Geschichte warf, die Verbindung zwischen ihnen weiterhin bestand. Sie sprach unter Tränen, ihre Worte trugen das Gewicht der Verletzlichkeit und des Bedauerns. Ihre Hände zitterten in seinen, als ob sie durch diesen physischen Kontakt Halt suchte, um nicht völlig im Sturm ihrer Emotionen verloren zu gehen.

Von den Begegnungen mit den anderen Männern sprach sie nicht. Wahrscheinlich waren diese Momente für sie nur flüchtige Abstraktionen, die in der Ecke ihrer

Erinnerung verweilten und keine bedeutende Rolle spielten.

In diesem Moment bot sich ihm die Gelegenheit, auch über seine Begegnung mit Anna zu sprechen, doch er blieb stumm. Die leise Hoffnung, eine weniger schmerzhafte Lösung für Elisa zu finden, hielt ihn zurück. Er wollte keine weitere Wunde hinzufügen, und so wählte er das Schweigen, das seine Verwirrung und Unsicherheit nur allzu gut widerspiegelte.

»Wir brauchen jetzt etwas Ruhiges, etwas, das uns von den aktuellen Ereignissen distanziert«, sagte er, ihr zugewandt, ihre Hände in seinen haltend.

»Ich möchte morgen mit dir zu einem See fahren und uns dort die Stille fühlen lassen«, ergänzte er.

Sie nickte, ihre Augen noch immer feucht von den Tränen.

Als er mit ihr im Auto saß, seine rechte Hand auf ihrem linken Oberschenkel ruhend, spürte er, wie sie ihre Hand sanft auf seine legte. Diese einfache Geste, so schlicht und doch so tief, hätte ihn dazu gebracht, den ganzen Tag zu fahren, selbst wenn er das Autofahren nicht besonders schätzte.

»In einer Stunde sind wir da«, sagte er. Er kannte den See bereits und mit ihm auch den Weg dorthin.

»Ich freue mich«, erwiderte sie, ihre Stimme klang zart und verletzlich.

An diesem wunderschönen Morgen glitzerte der See in der frühen Sonne wie ein geheimnisvoller, schillernder Traum. Die ersten Strahlen breiteten sich dezent über die Wasseroberfläche aus, die in zahllosen Nuancen schimmerte.

Während sie am Ufer stand und ihre Gedanken in die Weite des Sees entgleiten ließ, setzte er sich auf einer alten, flauschigen Decke hin. Mit leisen, achtsamen Bewegungen und einer Gelassenheit, die den Moment perfekt ergänzte, bereitete er das Frühstück vor. Das einfache Vergnügen eines gemeinsamen Augenblicks in der Ruhe des Morgens, ein leiser Ausdruck seiner Fürsorge inmitten der beginnenden Tagesstille.

Beim Frühstücken, während die ersten Sonnenstrahlen glitzernd über den See glitten, schweifte sein Blick über die spiegelnde Wasseroberfläche. Dort, am Ufer, lag ein hölzernes Ruderboot, still und unbewegt wie ein vergessenes Geheimnis.

»Schau mal«, sagte er, seine Stimme weich und beinahe träumerisch. »Dort liegt ein Ruderboot. Vielleicht können wir es uns ausleihen. Ich würde dir gerne eine ruhige und geheimnisvolle Stelle am See zeigen.«

Seine Worte trugen eine Einladung in sich, ein Versprechen von Gelassenheit und Entdeckung inmitten der stillen Morgenstimmung.

Ihr Gesicht, das sich den ersten Sonnenstrahlen entgegenstreckte, leuchtete in einem Lächeln auf, als wäre es von einem sanften, goldenen Schimmer durchzogen.

»Oh, das wäre wunderschön«, sagte sie erwartungsvoll.

Er erkundigte sich nach dem Ruderboot, während Elisa sich am Ufer niederließ, ihren Körper in eine entspannte Position brachte und die ersten Sonnenstrahlen auf ihrer Haut spürte. Als er die frohe Botschaft erhielt, eilte er zurück zu Elisa, das Herz leicht und voller Freude.

»Wir können das Ruderboot den ganzen Tag nutzen«, sagte er, die Worte sprudelten aus ihm heraus, als ob sie eine neue Dimension der Glückseligkeit verkündeten.

»Das ist ja wundervoll«, sagte sie, ihre Stimme ein zarter Ausdruck von überglücklicher Überraschung.

Er nahm ihre Hand und führte sie behutsam zum Boot. Als er eintrat, wankte das kleine Gefährt kurz, und er reichte ihr die Hand, um den Einstieg zu erleichtern. Sie setzte sich, und während sie ihre Balance fand, griff er nach dem hölzernen Ruder, deren Griffe glatt und abgerundet waren, geformt durch die Berührungen unzähliger Hände in der Vergangenheit.

Während er mit den Rudern die Wasseroberfläche durchpflügte, blickte er ihr in die Augen. Es war ein Moment, der sich anfühlte wie eine Ewigkeit, gefangen zwischen den Wellen und dem stillen Glanz ihrer Blicke.

Als er das stille Ufer erreichte, sagte er: »Schau mal dorthin!« Er deutete auf ein Schildkrötenpaar, das sich auf einem dicken Ast eines längst verstorbenen Baumes ausstreckte, der im Wasser lag und sich in der Morgensonne wärmte. Auf den anderen Ästen, die sich wie ein verwittertes Holzornament im Wasser aneinanderreihte, sonnte sich eine weitere Schildkröte und auf den nächstgelegenen Zweigen entspannte sich ein Pärchen. Am Ende des Ufers, auf einem besonders großen Ast, präsentierten sich stolz drei weitere Schildkröten, die wie eine kleine Familie wirkten, die sich dem stummen Zuschauer entgegenreckte.

»Danke, dass du mich hierhergeführt hast«, sagte sie, ihre Stimme weich und von einer tiefen Dankbarkeit durchzogen.

Er kam ihr näher, so dass er ihre Hände halten konnte, und sagte durchdringend: »Meine geliebte Elisa, wenn wir uns eines Tages verlieren, werde ich hier auf dich warten.«

Mit diesen Worten strahlte sein Gesicht ein Versprechen für die Ewigkeit aus.

Als sie sich im Boot mit ihrem Rücken an seine Brust anlehnte, hatte er das Gefühl, dass sie sich geborgen und geliebt fühlte. Die Sonne warf Lichtflecken auf die Wasseroberfläche, und die Schildkröten schienen in aller Ruhe auf den Ästen der toten Bäume zu dösen. In diesem Augenblick, der in einer tiefen Glückseligkeit verweilte, verschmolzen ihre Gedanken mit der Stille und die Zeit schien sich in einem kaum spürbaren Rhythmus zu bewegen.

In dieser magischen Stille, in der die Welt wie ein leiser, unaufhörlicher Atemzug wirkte, schlief sie ein. Ihr Atem wurde ruhig, und ihre Wimpern flatterten sanft wie die Flügel eines Schmetterlings. Er strich ihr behutsam durch das Haar, als wollte er die Zeit selbst anhalten, um diesen zarten Moment für immer festzuhalten.

Während er an ihrem Haar roch, glitt sein Blick in die ferne Zukunft, die sich langsam in seiner Vorstellung formte.

»Ich stelle mir vor«, begann er, »wie wir ein altes Holzhaus am See kaufen, ein verwittertes Gebäude, dessen Wände Geschichten von längst vergangenen Tagen flüstern. Wir könnten es gemeinsam nach unserem Geschmack restaurieren, Stück für Stück, und ihm neues Leben einhauchen. In diesem Haus richten wir uns einen Raum ein, einen Ort, der nur für uns und unsere Gedanken bestimmt ist. Dein Schreibtisch würde meinem gegenüberstehen und während ich in meinen Notizen versinke, würde ich dich immer wieder liebevoll anlächeln. Die Zeit würde stillstehen, nur durchbrochen von den leisen Geräuschen der Natur und dem leisen Klicken unserer Tastaturen. Hier, in diesem kleinen Paradies, könnten wir unsere Träume verwirklichen und die Welt für eine Weile vergessen.«

Sie erwachte mit einem Ausdruck von tiefem Glück und völliger Entspannung in ihrem Gesicht. Während sie sich noch an seine Brust schmiegte, ruderte er mit sanften, gleichmäßigen Bewegungen zurück zum Ufer.

»Diesen wundervollen Tag mit dir werde ich nie vergessen«, sagte sie leise, während sie sich noch enger an ihn schmiegte.

Als er mit Elisa das Ufer erreichte, stieg er aus dem Boot und hob sie behutsam mit seinen Armen heraus. Vorsichtig setzte er sie auf die Wiese ab, als wäre sie das zarteste und wertvollste, was ihm je begegnet war.

Mit ihr in seinen Armen, genoss er noch einen Moment, den Blick auf den glitzernden See gerichtet – ein stiller Abschied, der wie ein leises Versprechen auf ein Wiedersehen klang. Schließlich packten sie die Sachen und gingen gemeinsam zum Wagen. Es folgten Tage der Ruhe und Harmonie und der Riss in seinem Vertrauen begann langsam, sich zu vernarben.

10

Elisa erzählte ihm, dass sie bereits vor einigen Monaten ihren Sommerurlaub, wie voriges Jahr, auf Mallorca geplant hat.

Mario, in Gedanken versunken, stellte sich vor, wie es wäre, diese Zeit mit ihr zu verbringen, ihre gemeinsamen Erlebnisse fortzusetzen, das Vertrauen zu festigen, unter der warmen Sonne Mallorcas, weit weg vom Alltag.

Er sehnte sich nach einer Einladung von ihr, ein Einfaches »Komm mit« oder ein kleines Zeichen, dass sie diese Zeit nicht ohne ihn verbringen wollte. Doch diese Einladung kam nicht. Tage vergingen und die Stille zwischen ihnen wurde von diesem unausgesprochenen Wunsch erfüllt, einem leisen, aber tiefen Sehnen, das in seinem Inneren widerhallte. Mario verbrachte die Abende oft allein, sein Blick verlor sich in den schwindenden Sonnenuntergängen, während er über die Worte nachdachte, die unausgesprochen blieben.

Die Sommerhitze ließ nach, und eine kühle Brise kündigte das Ende der Saison an, während er weiter auf etwas wartete, das vielleicht nie kommen würde. In dieser stillen Erwartung lag eine melancholische Schönheit, eine schwache Erkenntnis, dass nicht alle Wünsche erfüllt werden und dass manchmal das Warten selbst eine tiefere Bedeutung trägt.

Der Tag des Abflugs kam, und er begleitete sie zum Flughafen. Die Stunden vor ihrer Abreise schienen in einem eigentümlichen, gedehnten Rhythmus zu vergehen, als ob die Zeit selbst wusste, dass sie bald getrennt sein würden. Sie standen in der Abflughalle, umgeben von Reisenden und den Geräuschen eines geschäftigen Flughafens, doch für ihn schien die Welt stillzustehen.

»Zehn Tage ohne dich«, dachte er sich im Stillen und mit dieser Vorstellung ertappte er sich dabei, wie seine Gedanken sich immer mehr und mehr um sie drehten.

Jeder Moment, den sie zusammen verbracht hatten, kam ihm in diesen Augenblicken der bevorstehenden Trennung noch wertvoller und kostbarer vor. Er hielt sie in seinen Armen, als ob er die Nähe und Wärme ihres Körpers für die bevorstehenden Tage der Abwesenheit einfangen wollte.

»Ich vermisse dich schon jetzt, obwohl du noch hier, ganz nah bei mir bist«, sagte er mit wehmütiger Stimme, ein hohles Echo der Traurigkeit, das sich in ihm ausbreitete.

Elisa hob den Kopf und sah ihn an, ihre Augen spiegelten eine sanfte Zuversicht wider.

»Die Zeit wird schnell vergehen und bald werde ich wieder in deinen Armen sein«, reagierte sie, ein Versuch die Wolken seiner Sorgen zu vertreiben. Sie küssten sich zum Abschied, ein Kuss, der sowohl ein Versprechen als auch eine Bestätigung ihrer Verbindung war. Als sie schließlich durch die Sicherheitskontrolle ging und außer Sichtweite verschwand, blieb er allein zurück, sein Herz schwer von der Trennung, aber auch erfüllt von der Vorfreude auf das Wiedersehen.

Die Welt um ihn herum setzte sich wieder in Bewegung, doch er blieb noch einen Moment stehen, seine Gedanken ganz bei ihr.

Die nächsten zehn Tage würden eine Prüfung sein, eine Zeit des Wartens und der Sehnsucht, doch auch eine Zeit des Nachdenkens über die Tiefe seiner Gefühle für sie.

Sobald sich seine Augen morgens öffneten und er den vertrauten Duft des beginnenden Tages wahrnahm, war sie sein erster Gedanke. Es war, als ob die zarten Fäden ihrer Präsenz sich sanft um seinen Geist legten und ihn in einen Zustand stiller Sehnsucht versetzten. Die Leere neben ihm im Bett erinnerte ihn daran, wie sehr er ihre Nähe vermisste. Er griff nach seinem Handy, das auf dem Nachttisch lag, und tippte: „Guten Morgen, mein erster Gedanke!" Seine Finger glitten über die Tastatur, als ob sie den Rhythmus seiner Gefühle nachzeichneten. Mit einem letzten Blick auf die Worte, die seine Sehnsucht und Zuneigung ausdrückten, klickte er auf »Senden«.

Die Nachricht raste mit Lichtgeschwindigkeit durch das Universum, eine unsichtbare Verbindung, die die physische Distanz zwischen ihnen überbrückte. Für einen Augenblick glaubte er wahrzunehmen, wie die Worte durch den endlosen Raum glitten, vorbei an

Sternen und Galaxien, um schließlich auf ihrem Bildschirm zu erscheinen.

Er stellte sich vor, wie sie die Nachricht lesen würde, vielleicht mit einem sanften Lächeln oder einem warmen Gedanken an ihn. Diese Vorstellung trug ihn durch die ersten Momente des Tages, füllte die Stille um ihn herum mit einer tiefen Verbindung zu ihr.

Während er sich aus dem Bett erhob und den neuen Tag begrüßte, trug er die Gewissheit in sich, dass ihre Gedanken ebenso miteinander verflochten waren wie ihre Herzen. Der Morgen war anders ohne sie, doch die kleinen Nachrichten, die sie sich morgens, abends und zwischendurch sendeten, gaben ihm das Gefühl der Nähe. In der stillen Einsamkeit seiner Wohnung, war es diese unsichtbare Verbindung, die ihm Trost spendete und das Gefühl vermittelte, dass sie trotz der Distanz miteinander verbunden waren.

Jeder Tag begann mit diesen einfachen Botschaften, die wie zarte Fäden ihre Leben verknüpften. Die Worte trugen die Essenz ihrer Gefühle, eine stille, aber kraftvolle Bestätigung ihrer Zuneigung und Sehnsucht. Es war, als ob jede Nachricht ein kleines Stück ihrer Seelen enthielt, dass die Leere zwischen ihnen füllte.

Er hielt das Handy in der Hand, die ersten Strahlen der Morgensonne fielen durch das Fenster und tauchten den Raum in ein weiches, goldenes Licht. In diesen Augenblicken fühlte er sich ihr nahe, als ob die physische Distanz nur eine Illusion war, die von der Tiefe ihrer Verbindung überwunden wurde. Der Tag mochte mit seiner gewohnten Routine weitergehen, doch in seinem

Herzen trug er das Wissen, dass sie an ihn dachte, dass ihre Gedanken sich wie seine um die leisen, ungesagten Worte und Gefühle drehten. Und so ging er hinaus in den Tag, begleitet von der Hoffnung und der Gewissheit, dass jede Nachricht, die sie teilten, sie einen Schritt näher zueinander brachte.

Eines Abends schrieb sie: »Morgen wird mich ein alter Freund aus London besuchen kommen. Er möchte hier seinen Geburtstag feiern.«

Mario spürte, wie sich alles in seiner Brust zusammenzog, als ob eine unsichtbare Hand sein Herz umklammerte. Die Worte auf dem Bildschirm schienen in seinem Kopf widerzuhallen, jede Silbe ein kleines Echo der Unsicherheit und des Unbehagens. Er fragte sich: »War das der mögliche Grund, warum sie mich nicht gefragt hat, ob ich sie begleiten möchte?«

Die Schlussfolgerung bohrte sich tief in seine Gedanken, ein leiser, nagender Zweifel, der sich nicht so leicht vertreiben ließ. Er stellte sich vor, wie dieser alte Freund aus London in ihr Leben trat, Erinnerungen teilend, die er nicht kannte und eine Nähe beanspruchte, die ihm fremd war.

Diese Nacht schien stiller und kühler zu werden, als er in seinen eigenen Gedanken versank. Die Distanz zwischen ihnen schien plötzlich greifbarer, als ob die Kilometer, die sie trennten, zu einem unüberwindbaren Abgrund geworden wären. Jede Nachricht, die zuvor Trost und Verbindung gebracht hatte, schien jetzt von dieser neuen Unsicherheit überschattet zu sein. Er legte das Handy zur Seite und starrte in die Dunkelheit, die sich um ihn herum ausbreitete. Die Stille des Zimmers wurde nur von dem leisen Summen des Kühlschranks durchbrochen, ein monotoner Klang, der die Stille noch tiefer erscheinen ließ. In diesem Moment fühlte er sich allein, gefangen in einem Strudel aus Gedanken und Gefühlen, die ihn nicht loslassen wollten. Und doch, tief in seinem Inneren, wusste er, dass diese Unsicherheit Teil des Lebens und der Liebe war. Es war ein Moment der Prüfung, eine Herausforderung, die er überwinden musste. Er seufzte, schloss die Augen und ließ sich von der Dunkelheit umarmen, in der Hoffnung, dass der nächste Morgen neues Licht und Klarheit bringen würde.

Am Abend des Geburtstags ihres Freundes aus London telefonierten sie miteinander. Er erkundigte sich nach ihren Erlebnissen und sie erzählte ihm von den vergangenen Tagen, schilderte die kleinen und großen Momente, die sie erlebt hatte. Ihre Stimme klang leicht und fröhlich, als sie von den Spaziergängen am Strand, den Abendessen in gemütlichen Restaurants und den stillen Stunden erzählte, die sie am Strand mit einem Buch in der Hand verbracht hatte.

Doch in keinem Satz erwähnte sie ihren Freund aus London. Ihre Erzählungen schienen sorgfältig konstruiert, jede Lücke bewusst ausgefüllt, als ob sie eine unsichtbare Grenze zog. Und er wusste, dass sie die Zeit miteinander verbracht hatten, dass er ein Teil dieser Erlebnisse gewesen war, auch wenn sie ihn nicht erwähnte.

Die Stille am anderen Ende der Leitung schien sich zu dehnen, eine unsichtbare Spannung, die die Verbindung zwischen ihnen durchzog. Seine Gedanken schweiften ab, zu den unausgesprochenen Worten und den verborgenen Bedeutungen hinter ihren Geschichten.

»Es freut mich, dass du eine schöne Zeit hattest«, sagte er schließlich, seine Stimme klang ruhig, doch in seinem Inneren brodelten die Fragen und Zweifel weiter. Die Worte fielen schwer, als ob sie eine eigene Schwere besaßen, die die Atmosphäre zwischen ihnen verdichtete.

»Ja, es war wirklich schön«, antwortete sie, ihre Stimme behielt ihre Leichtigkeit, als ob sie die Spannung nicht spürte oder bewusst ignorierte.

Der Gesprächsfluss setzte sich fort, oberflächlich betrachtet unverändert, doch die unausgesprochenen Gedanken und Gefühle legten sich wie ein unsichtbarer Schleier über die Worte.

Als sie schließlich auflegten, blieb er noch eine Weile mit dem Handy in der Hand sitzen, die Leere des Raumes schien plötzlich überwältigend. Dunkelheit umhüllte ihn und er konnte nur hoffen, dass die Morgensonne etwas von der Klarheit zurückbringen würde, die ihm in dieser Situation fehlte.

Er vermisste sie bei allem, was er tat. Selbst als er die Patienten behandelte, schlichen sich seine Gedanken immer wieder zu ihr zurück. Ihre Abwesenheit war wie ein ständiger, leiser Schmerz, der in seinem Inneren widerhallte, eine melancholische Melodie, die den Takt seines Tages bestimmte. Ihr Lächeln, ihre Stimme, die Art und Weise, wie sie die Welt sah – all das fehlte ihm so sehr.

Es war, als ob eine unsichtbare Präsenz ihn begleitete,

eine ständige Erinnerung an das, was nicht da war. Ihre Abwesenheit lag wie ein Schleier über seinem Alltag, durch den alles ein wenig gedämpft und unwirklich erschien.

Die Routine seiner Arbeit, die ihm sonst so vertraut und beruhigend war, erschien ihm nun leer und bedeutungslos ohne den Gedanken an sie. Jede Maßnahme, jedes beruhigende Wort, das er sprach, trug die stille Sehnsucht nach ihrer Nähe.

Selbst die einfachsten Tätigkeiten, wie das Schreiben von Notizen oder das Waschen der Hände, waren von ihrer Abwesenheit durchdrungen. Jeder Moment, den er ohne sie verbrachte, verstärkte das Gefühl der Leere, das in seinem Inneren wuchs. Die Zeit schien langsamer zu vergehen, als ob sie sich weigern würde, ohne sie voranzuschreiten. In den stillen Momenten zwischen den Terminen, wenn die Hektik des Arbeitstages für einen Augenblick nachließ, fand er sich oft in Gedanken an sie verloren. Ihre Gesichtszüge tauchten vor seinem inneren Auge auf und er konnte fast den Klang ihres Lachens hören. Es war eine bittersüße Qual, die ihn daran erinnerte, wie tief seine Gefühle für sie waren.

Er stellte sich vor, wie sie lächelte, wie sie sprach, wie ihr Lachen den Raum erfüllte und ihn aus dieser dumpfen Leere hinauszog. Sie fehlte ihm so sehr, dass es fast körperlich weh tat. Ihre Abwesenheit war ein ständiger Begleiter, ein unsichtbarer Schatten, der ihn bei jedem Schritt, bei jeder Bewegung verfolgte. Die Welt um ihn herum schien an Farbe und Leben verloren zu haben, als ob ihre Abwesenheit die Welt grau und stillgemacht hätte. Abends, wenn er nach Hause kam und die Stille der Wohnung ihn umfing, wurde das Gefühl noch intensiver. Er saß auf dem Sofa unter der Fensterbank in seiner Küche, starrte in die Dunkelheit und ließ die Erinnerungen an ihre gemeinsamen Momente in seinen Gedanken aufleben. Die Stunden, die sie miteinander verbracht hatten, schienen nun so weit entfernt und doch so lebendig in seinem Gedächtnis.

Er wusste, dass diese Sehnsucht ein Teil der Liebe war, die er für sie empfand, eine untrennbare Einheit, dass sie trotz der Distanz verband. Und doch wünschte er nichts inständiger, als dass sie wieder an seiner Seite war, dass ihre Gegenwart die Leere in seinem Herzen füllte und ihm die Freude zurückbrachte, die ihm jetzt so schmerzlich fehlte.

Er sehnte sich nach dem Tag, an dem sie wieder in seine Arme zurückkehren würde, nach dem Moment, in dem ihre Anwesenheit die Lücke füllen und die Welt wieder vollständig erscheinen lassen würde. Bis dahin blieb ihm nur die Hoffnung und die Erinnerung an ihre gemeinsamen Momente.

Der Tag ihrer Ankunft kam, und er plante, sie unerwartet am Flughafen zu begrüßen. Seit dem Moment, als er die Ankunftszeit erfuhr, konnte er an nichts anderes mehr denken. Die Stunden bis zu ihrer Landung schienen sich endlos zu dehnen, jeder Tick der Uhr verstärkte seine Sehnsucht und Ungeduld.

Mit einem Herz, das vor Aufregung und Erwartung schneller schlug, machte er sich auf den Weg zum Flughafen. Die Landschaft um ihn herum glitt in einem verschwommenen Strom an ihm vorbei, während er in Gedanken bei ihr war. Die Erinnerungen an ihre gemeinsamen Momente mischten sich mit der Vorfreude auf das Wiedersehen und in seinem Inneren wuchs ein warmes, pulsierendes Gefühl der Erleichterung und des Glücks.

Am Flughafen angekommen, stellte er sich in die Nähe des Ankunftsterminals, sein Blick fest auf die Türen gerichtet, durch die sie bald treten würde. Die Menge um ihn herum verschwamm zu einer undefinierten Masse aus Bewegungen und Geräuschen, während er sich auf den Augenblick konzentrierte, indem er sie endlich wiedersehen würde.

Die Minuten vergingen quälend langsam, doch schließlich öffneten sich die Türen und die Ankömmlinge strömten heraus. Als die ersten Passagiere durch die Türen traten, hielt er den Atem an, suchte in den Gesichtern nach dem einen, dass ihm so vertraut war und dann, plötzlich, war sie da. Ein Strahlen ging durch ihn hindurch, als er sie erblickte und alle seine Zweifel und Unsicherheiten schienen sich in diesem Moment in Luft aufzulösen.

Er trat vor, und ihre Blicke trafen sich. In ihren Augen sah er die gleiche Mischung aus Überraschung, Freude und Erleichterung, die auch in ihm widerhallte. Mit einem Lächeln, das all die Worte und Gefühle ausdrückte, die er in den letzten zehn Tagen in sich getragen hatte, ging er auf sie zu.

Er umarmte sie zuerst, zog sie fest an sich, als ob er sicherstellen wollte, dass sie wirklich da war, dass dies kein Traum war, der gleich zerbrechen würde. Dann, ohne Vorwarnung, hob er sie in seine Arme und drehte sich mit ihr im Kreis. Es war, als ob er mit ihr einen Willkommenstanz tanzen würde, einen stillen Ausdruck seiner Freude und Erleichterung, sie endlich wieder bei sich zu haben.

Die Welt um sie herum schien sich in diesem Moment aufzulösen, die Geräusche des Flughafens verschwanden in einem sanften Rauschen, das nur ihre gemeinsame Freude begleitete. Ihre Augen trafen sich, und sie lachten, ein spontanes, unbeschwertes Lachen, das aus tiefstem Herzen kam. Er drehte sich weiter, spürte die Leichtigkeit ihres Körpers, das Vertrauen in ihrer Umarmung und für einen Augenblick fühlte er sich frei, losgelöst von allem, was in den letzten Tagen und Wochen schwer auf ihm gelastet hatte. Es war ein Tanz der Wiedervereinigung, der alle Worte überflüssig machte und ihre Gefühle in einer einzigen Bewegung zusammenfasste.

Als er schließlich stehen blieb und sie wieder auf den Boden stellte, hielten sie sich immer noch fest, Stirn an Stirn aneinander gelehnt. Seine Lippen suchten ungeduldig, von der Sehnsucht getrieben, nach den ihren. Sie verschmolzen mit ihren in einem zärtlichen, aber intensiven Tanz, der die Verbundenheit zwischen ihnen auf eine Weise offenbarte, die Worte nicht zu fassen vermochten. Die Wärme seines Atems, der sanfte Druck ihrer Hände, die er an seinen Körper spürte – all dies trug zu der unvergleichlichen Intensität bei, die diesen Kuss zu einem Ausdruck ihrer tiefsten Gefühle machte. Jeder

Teil dieses Kusses war durchtränkt von der Sehnsucht, die ihn seit ihrer Trennung begleitet hatte. Es war ein Kuss, der die Zeit und den Raum durchbrach, die Erinnerungen an ihre gemeinsamen Momente zurückbrachte und ihn mit einer unbändigen Leidenschaft erfüllte, die tief aus seinem Inneren kam.

»Willkommen zurück meine Liebste«, flüsterte er, seine Stimme kaum mehr als ein Hauch.

»Ich bin froh, wieder hier zu sein«, antwortete sie leise und in ihren Augen sah er die gleiche Erleichterung und das gleiche Glück, das er in sich fühlte.

Die Menschen um sie herum setzten ihre Wege fort, jeder in seine eigene Richtung, doch für Mario und Elisa war dieser Moment ein neuer Anfang, ein Wiederfinden, das die Zeit und die Distanz überwunden hatte.

11

Die Urlaubssaison schien sich dem Ende zuzuneigen, und so verbrachte sie auch diesen Sommer keinen gemeinsamen Urlaub. Doch mitten im September, an einem Abend, der wie ein leiser Vorbote des Herbstes wirkte, überraschte Elisa ihn mit einem unerwarteten Vorschlag.

»Ich möchte mit dir über das Wochenende verreisen! Wie würdest du es finden?«, fragte sie ihn erwartungsvoll.

»Ich würde es wunderbar finden«, antwortete er, seine Stimme von Freude und Überraschung erfüllt.

Schnell fand sie eine Unterkunft auf einem Campingplatz an der belgischen Küste. Auch wenn das Wetter nicht ganz seinen Vorstellungen entsprach — graue Wolken, die wie ein melancholisches Gemälde am Himmel hingen und gelegentlich von regenschweren Tropfen durchzogen wurden — freute er sich. Denn wenn sie in seiner Nähe war, spürte er eine warme Sonne in seinem Herzen, die selbst die trübsten Tage erhellte. Am ersten Abend, als die kühle Brise vom Meer zum Campingplatz herüberwehte, führte er sie zum Strand. Der

Himmel zeigte eine gleichmäßige Färbung, als wäre er in zarte Grautöne getaucht worden. Plötzlich begannen die Wolken, sich in seltsame Formen zu verwandeln – riesige Fische, die lautlos durch die Luft schwammen, und Bäume, deren Äste sich wie Hände ausstreckten. Während die grauen Wellen unablässig gegen den Sand schlugen, näherte er sich ihr leise von hinten und schlang seine Arme sanft um sie. Der Rhythmus des Meeres wurde eins mit ihrem Atem. Es war eine Umarmung, durchzogen von einem Versprechen, während er mit ihr die endlose Weite des Meeres betrachtete. In dieser Umarmung lag eine stille Vertrautheit, die durch die Wellen und den weiten Horizont noch verstärkt wurde.

Die Zeit schien für einen Moment stillzustehen, als ob auch das Meer in der Nähe ihrer Gedanken verweilte. Er löste sich aus der Stille des Augenblicks und legte seinen rechten Arm geschickt an ihren Rücken, während er mit dem anderen ihre Kniekehlen umfasste. Vorsichtig hob er sie hoch, als wäre sie ein zartes Geheimnis, das nur er kannte. Sein Blick verankerte sich in ihren. Er beugte sich vor und gab ihr einen langen, tiefen Kuss, dessen Intensität die Stille der Umgebung durchbrach. Das Meer, mit seinen endlosen, grauen Wellen, schaute stumm und beobachtend zu, als ob es Zeuge eines unveränderlichen Versprechens war. Als er sie sanft auf den Sand zurücksetzte, nahm er ihre Hand in seine und führte sie über den weiten, endlosen Strand. Ihre Schritte hinterließen flüchtige Spuren im feinen Sand, die von den Wellen des Nordmeers bald wieder weggewischt wurden. Die Unendlichkeit des Strandes schien sich im Rhythmus ihrer

Schritte auszudehnen, während die salzige Brise ihre Gesichter streichelte.

Als er am nächsten Morgen den Kopf aus dem Zelt streckte, bemerkte er, wie die dichten grauen Wolken langsam den Sonnenstrahlen wichen. Ein zarter Lichtstrahl schlich sich durch den Zeltvorhang und malte goldene Muster auf den Boden. Mit einem Lächeln kehrte er zu ihr zurück und beugte sich über sie. Seine Lippen fanden ihren Weg zu der zarten Stelle hinter ihrem Ohrläppchen und er weckte sie mit einem Kuss, der so leicht war, wie der erste Sonnenstrahl des Tages. Sie erwachte und ein ausgeruhtes Lächeln spielte auf ihren Lippen, als wäre es ein Reflex der ersten Sonnenstrahlen, die durch das Zelt drangen.

»Guten Morgen, mein Sonnenschein!«, sagte sie, ihre Stimme noch von den Träumen der Nacht getragen.

»Guten Morgen meine Liebste!«, sagte er, während er ihr den Schlaf von den Augenliedern küsste.

»Es sieht nach einem Wetter aus, das sich gut für eine Fahrradtour eignet. Was meinst du?«, fragte er, eine Stimme trug einen Hauch von Vorfreude, als ob er bereits die frische Morgenluft und das sanfte Rauschen der Landschaft vor seinem inneren Auge sah.

Er ging in den Ort und kaufte ein Baguette, an dem sie anschließend im Zelt knabberten, während das Licht des Morgens immer stärker durch die Zeltwände drang. Er bereitete Kaffee zu du machte sich an die Fahrräder, um sie für die bevorstehende Tour vorzubereiten. Er pumpte Luft in die Reifen und blickte gelegentlich zu ihr hinüber. Sie saß im Liegestuhl, ihre Hände um die warme Tasse geschlungen, die Augen geschlossen.

»Vielleicht stellt sie sich gerade vor, wie sie neben mir entlang der endlosen Strände fährt, wie die frische Meeresbriese in ihre Nase strömt und die Sonnenstrahlen ihr Gesicht streicheln«, schwebte ihm im Kopf.

Er schwang sich auf das Fahrrad, die kalte Luft umhüllte ihn wie ein unsichtbarer Schleier. Sie folgte ihm. Die Häuser, in ihren Pastelltönen, schauten weit hinüber zur Nordsee, deren riesige Wellen kräftig an die Küste schlugen, als wollten sie die Geheimnisse der Tiefe erzählen. Der blaue Himmel, der sich langsam vom Grau des Nachts befreite, tauchte die Weite des Meeres in ein schillerndes Farbspiel: zartes Rosa, verirrt sich in das tiefe Blau und goldene Strahlen brechen durch die Wolken wie Erinnerungen, die endlich ans Licht kommen. Sie schlug vor eine kurze Pause zu machen. Sie stieg vom Fahrrad ab und lies sich auf dem sandigen Boden nieder. Er legte sich neben ihr, schloss die Augen und ließ sich von dem Rauschen des Meeres umhüllen. Er genoss ihre Präsenz, die er oft versuchte zu beschreiben und scheiterte immer wieder an seiner Unfähigkeit die passenden Worte zu finden.

Er wandte sich ihr zu und blickte ihr in die Augen. Sein Blick war intensiv, als würde er nicht nur ihre äußere Erscheinung, sondern auch die verborgenen Schichten ihrer Seele ergründen. Er schlang seine Arme um sie, während das Meeresrauschen wie ein langsamer Herzschlag der Welt ihn umhüllte und gleichzeitig spürte er ihr Herz an seiner Brust, das ruhig und gleichmäßig schlug. Sie erhob sich langsam, als ob sie aus einem tiefen Traum erwachte, und streckte ihm ihre Hand entgegen.

»Lass uns zurückfahren«, sagte sie, ihre Stimme klang wie ein ferner Windhauch.

»Wir finden bestimmt ein kleines Restaurant, versteckt in einer stillen Gasse, wo wir etwas Köstliches entdecken können«, ergänzte sie.

Der Ort war bereits in Sichtweite, die Straßen wurden enger, die Geräusche leiser und bald fand er sich mit Elisa vor einem kleinen, unscheinbaren Restaurant wieder, dessen Fenster warmes Licht ausstrahlten.

»Hier können wir unsere Fahrräder abstellen«, sagte sie.

»Lass uns hineingehen und sehen, was das Schicksal für uns bereithält«, fügte sie hinzu.

Mit dem Gespür eines Feng-Shui Meisters, fand er eine gemütliche Ecke für zwei. Elisa nahm Platz auf einem Cocktailsofa und er setzte sich neben ihr, um ihre Nähe zu spüren und um die Möglichkeit zu haben, gelegentlich ihre Hand zu halten.

»Erinnerst du dich an das kleine Café an der Ecke, wo wir uns das erste Mal begegnet sind?«, fragte sie plötzlich, ihre Augen leuchteten im schwachen Licht.

»Ja«, antwortete er, ein Lächeln huschte über sein Gesicht.

Es war, als ob die Zeit für einen Moment stillstand, als sie sich in die Augen sahen.

»Hier herrscht eine ähnliche Atmosphäre wie in jenem kleinen Café«, bemerkte sie, ihre Stimme war nachdenklich, als ob sie in einer fernen Erinnerung eintauchte.

Sie genossen das Essen, als ob jeder Bissen eine Reise in eine andere Welt wäre. Die Aromen tanzten auf ihren Zungen.

»Mmmmm war das köstlich«, sagte sie mit einem zufriedenen Gesichtsausdruck.

»Der Wein hingegen, weniger beeindruckend, doch der Alkoholgehalt verlieh ihm eine gewisse Note, die ihn erträglich machte«, sagte er mit einem Hauch von Humor.

»Es war ein schöner Abend. Ich habe ihn sehr genossen mit dir«, sagte sie, während ihre Augen, die seinen suchten.

»Ich genieße jede Sekunde, die mir mit dir geschenkt wird«, antwortete er, seine Stimme poetisch, als ob er die Worte aus einem verborgenen Teil seines Herzens schöpfte.

Er nahm ihre Hand und sie verließen das kleine Restaurant. Auf dem Weg zum Zeltplatz fragte er sich, wie es wohl weitergehen würde. Die Dunkelheit der Nacht schien seine Gedanken zu verschlucken, nur das leise Surren der Fahrradreifen auf dem Asphalt, war das einzige Geräusch, das die Stille durchbrach. Wird Anna ihn noch belästigen? Was sollte er tun? Diese Fragen wirbelten in seinem Kopf herum, wie Blätter im Wind.

Er wusste, dass die Zeit drängte, um eine Entscheidung zu treffen. Die Sterne am Himmel funkelten wie stille Zeugen seiner inneren Unruhe. In der Ferne am Strand, sah er das schwache Licht eines Lagerfeuers, ein Zeichen der Wärme und Geborgenheit. Doch die

Schatten der Zweifel und Unsicherheit folgten ihm dicht auf den Fersen, wie unsichtbare Geister, die ihn nicht loslassen wollten.

In diesem Moment war er allein mit seinen Gedanken, die sich wie kleine Schatten in seinem Geist bewegten. Er fragte sich, wohin dieser Weg ihn führen würde, welche Entscheidungen er treffen musste, um die Geister der Vergangenheit zu vertreiben und einen neuen Anfang zu finden. Von Tag zu Tag, hoffte er auf Annas Vernunft und dennoch war ihm klar, dass er selbst handeln musste.

Die wohlige Wärme ihrer Nähe erfüllte den kleinen Raum im Zelt, während das leise Rascheln des Windes draußen, wie ein fernes Lied klang. Er küsste ihre zarte Stelle hinter dem linken Ohrläppchen und wünschte ihr einen erholsamen Schlaf. Bald schlief sie in seinen Armen ein, ihr Atem ruhig und gleichmäßig. Die Stille umarmte sie und die Nacht legte über ihnen ihren dunklen Schleier.

Die Nacht verflüchtigte sich und der neue Tag erwachte.

»Heute ist unser Abreisetag. Die Zeit mit dir vergeht wie im Flug«, sagte sie wehmütig, ihre Augen voller unausgesprochener Gefühle.

Die Vögel begannen ihr Morgenlied, als ob sie eine Abschiedsmelodie für sie singen würden.

»Aber bald werden wir ganz sicher wieder verreisen«, fügte sie mit einem geheimnisvollen Versprechen hinzu, ein Lächeln, das sowohl Hoffnung als auch ein Hauch von Geheimnis in sich trug.

Zu Hause angekommen, schaute er zum ersten Mal seit drei Tagen auf sein Handy, um zu überprüfen, ob irgendwelche dringenden Nachrichten oder Anrufe zu sehen waren. Das Display leuchtete auf, und die vertrauten Symbole erschienen, doch in diesem Moment fühlte sich die digitale Welt seltsam fremd an. Die letzten Tage hatten ihn in eine andere Realität entführt, fernab von den alltäglichen Sorgen und Verpflichtungen. Jetzt, zurück in der gewohnten Umgebung, schien alles gleichzeitig vertraut und doch verändert. Er atmete tief ein, ließ die Erinnerungen an die vergangenen Tage noch einmal Revue passieren und spürte, wie eine Melancholie ihn umhüllte. Die Nachrichten auf seinem Handy konnten warten; für einen Augenblick wollte er die Magie der letzten Tage noch festhalten.

Schließlich nahm er das Gerät wieder in die Hand und tippte auf die angezeigten Symbole. Erschrocken starrte er auf das Display. Zweiundzwanzig Nachrichten und fünf Anrufe von Anna. Ein kalter Schauer lief ihm über den Rücken, als er das Postfach öffnete und die endlose Liste ungelesener Nachrichten sah. Er wusste nicht, wo er zuerst zu lesen beginnen sollte.

Die Worte verschwammen vor seinen Augen und für einen Moment fühlte er sich, als ob er in einem Strudel aus Gedanken und Gefühlen gefangen wäre. Die Realität schien sich zu verformen, und die drängenden Fragen kehrten zurück. Er atmete tief ein, versuchte, seine Gedanken zu ordnen und begann langsam, die Nachrichten zu lesen, während die Schatten der Vergangenheit sich um ihn legten.

Als er alle Nachrichten gelesen hatte, legte er das Handy beiseite. Ein Gefühl der Beklemmung breitete sich in ihm aus, als er die Worte in seinem Kopf widerhallen ließ. Anna wollte wieder zu ihm kommen, um ihre körperliche und emotionale Sucht zu befriedigen. Die Dringlichkeit in ihren Nachrichten war unübersehbar und die Drohung, sich bei Elisa vorzustellen, hing wie ein Damoklesschwert über ihm.

Er schloss die Augen und versuchte, einen klaren Gedanken zu fassen. Die Stille des Raumes schien ihn zu erdrücken. Was sollte er tun? Die Zeit drängte und er wusste, dass er eine Entscheidung treffen musste, die nicht nur sein eigenes Leben, sondern auch das von Elisa beeinflussen würde. Ein tiefer Atemzug und er öffnete die Augen, bereit, sich der Realität zu stellen.

Er musste Zeit gewinnen, dachte er sich. Die Gedanken wirbelten in seinem Kopf, während er nach einer Lösung suchte. Schließlich griff er zum Handy und schrieb ihr eine Nachricht. Er vertröstete sie auf ein anderes Mal, erklärte, dass er krank sei und Ruhe brauchte.

Die Worte fühlten sich schwer an, als ob sie aus einem tiefen, dunklen Brunnen in seinem Inneren kamen. Er wusste, dass dies nur eine vorübergehende Lösung war, ein Aufschub, der ihm etwas Zeit verschaffen würde. Doch die die Ungewissheit blieb und er fragte sich, wie lange er diese fragile Balance aufrechterhalten konnte. In den kommenden Wochen ließ Anna ihn in Ruhe.

Die Tage vergingen in einer seltsamen Mischung aus Erleichterung und latenter Anspannung. Die Stille, die sie hinterließ, war ein zweischneidiges Schwert – einerseits befreiend, andererseits voller unausgesprochener Fragen und ungelöster Konflikte.

Er versuchte, sich auf die kleinen Freuden des Alltags zu konzentrieren, die Momente mit Elisa zu genießen. Doch in den stillen Stunden der Nacht, wenn die Welt zur Ruhe kam, kehrten die Gedanken an Anna zurück, wie Geister, die sich weigerten, endgültig zu verschwinden. Er wusste, dass diese Ruhe nur vorübergehend war, ein fragiles Gleichgewicht, das jederzeit ins Wanken geraten konnte.

12

Elisas Satz im Zelt, der ihm wie ein geheimnisvolles Versprechen erschien, erblickte das Licht des Tages.

»Ich habe für uns eine Unterkunft in den bayerischen Bergen gefunden und möchte sie dir zeigen. Dort können wir Ski fahren«, sagte sie, ihre Augen leuchteten vor Vorfreude.

Die Vorstellung von schneebedeckten Gipfeln und endlosen Pisten ließ sein Herz schneller schlagen. Sein Herz schlug nicht schneller nur wegen der Vorfreude, die er verspürte, als er sich die gemeinsame Zeit mit Elisa in den Bergen vorstellte, sondern auch deshalb, weil er an die Skipisten dachte. Er hatte noch nie auf Skiern gestanden und die Vorstellung, die schneebedeckten Hänge hinunterzugleiten, erfüllte ihn mit einer Mischung aus Aufregung und Nervosität.

Die bayerischen Berge, eine winterliche Oase der Ruhe und des Abenteuers zugleich, schienen der perfekte Zufluchtsort zu sein. Er stellte sich vor, wie sie gemeinsam die Hänge hinuntergleiten, die kalte Luft in ihren Lungen und das Gefühl der Freiheit in ihren Herzen. In diesem Moment schien die Zukunft voller

Möglichkeiten und das geheimnisvolle Versprechen, das in Elisas Worten lag, wurde zu einem greifbaren Ziel. Er lächelte und nahm ihre Hand und küsste sie, bereit, dieses neue Abenteuer mit ihr zu beginnen.

Am 03. Januar lag er bereits auf dem Rücken; ein Ski noch am linken Fuß befestigt, während der andere weit hinter ihm im Schnee lag. Die kalte Luft strömte in seine Lungen, und die Welt um ihn herum schien in einem surrealen Schweigen zu verharren.

Er konnte das leise Lachen von Elisa hören, die ein Stück weiter unten am Hang auf ihn wartete. Trotz des Sturzes fühlte er eine seltsame Freude in ihm aufsteigen. Es war, als ob dieser Moment, so unvollkommen er auch war, ein Teil des größeren Abenteuers war, das er mit Elisa erlebte. Er atmete tief ein, ließ die frische Bergluft seine Sinne beleben und wusste, dass dies nur der Anfang war.

Im Gegensatz zu ihm hatte Elisa ihre ersten Erfahrungen bereits in jungen Jahren gesammelt und er hätte sich ihre Kunststücke im Schnee den ganzen Tag anschauen können. Ihre Bewegungen waren elegant und mühelos, als ob sie mit den Ski verschmolzen wäre. Jede Kurve, jeder Sprung war ein Ausdruck ihrer Freiheit und ihres Könnens.

Er stand am Rand der Piste und beobachtete sie bewundernd, wie sie die Hänge hinunterglitt. In diesen Momenten fühlte er sich wie ein stiller Beobachter eines magischen Tanzes, der nur für ihn aufgeführt wurde. Er wusste, dass diese Erinnerungen für immer in seinem Herzen bleiben würden.

Den ganzen ersten Tag verbrachte er auf den Skiern. Er wollte es unbedingt lernen. Die kalte Bergluft und der frische Schnee unter seinen Füßen gaben ihm das Gefühl, lebendig zu sein. Er gab sich selbst das Versprechen, es in drei Tagen zu lernen, damit er am vierten Tag gemeinsam mit ihr die rote Piste hinuntergleiten konnte.

Jeder Sturz, jedes Aufstehen war ein Schritt näher an seinem Ziel. Die Stunden vergingen und die Sonne begann, hinter den Gipfeln zu verschwinden, doch er blieb unbeirrt. Die Vorstellung, mit Elisa die Piste hinunterzufahren, trieb ihn an. Es war mehr als nur ein sportliches Ziel; es war ein Versprechen an sich selbst, ein Beweis seiner Entschlossenheit und seines Willens.

Am dritten Tag saß er schon neben Elisa im Lift, der zum Gipfel fuhr. Die kalte Bergluft fegte über ihre Gesichter, das leise Surren des Lifts und die Stimmen der Menschen unter ihnen, waren die einzigen Geräusche, die die Stille durchbrachen. Er spürte eine Mischung aus Vorfreude und Aufregung in ihm aufsteigen, während sie höher und höher fuhren.

Elisa lächelte, ihre Augen funkelten. Als der Lift den Gipfel erreichte, breitete sich vor ihnen eine weite, in dichten Nebel gehüllte, schneebedeckte Landschaft aus. Er machte sich bereit, und konnte das Adrenalin in seinen Adern spüren. Elisa startete und er versuchte ihr zu folgen

Der Wind rauschte in seinen Ohren und die Welt um ihn herum verschwamm zu einem einzigen, rauschenden Moment der Freiheit und des Glücks. In diesem Augenblick wurde ihm bewusst, dass er sein Versprechen an sich selbst eingelöst hatte.

Der Tag war vergangen wie ein Augenzwinkern und schon standen sie in der Küche und bereiteten das Abendessen zu. Die Musik, die Elisa ausgesucht hatte, spielte im Hintergrund und die Klänge erfüllten den Raum mit einer warmen, beruhigenden Atmosphäre. Während sie das Gemüse schnitt, schlich er sich von hinten an sie heran, nahm ihr das Messer aus der Hand und legte es beiseite.

Er zog sie an sich und begann, mit ihr zu tanzen. Eng umschlungen bewegten sie sich im Rhythmus der Musik und die Welt um sie herum schien zu verschwimmen. Mit leicht zitternder Stimme fragte er sie: »Elisa, möchtest du die Frau an meiner Seite werden?«

»Unbedingt!«, antwortete sie, ihre Augen leuchteten vor Freude und Liebe.

In diesem Moment schien die Zeit stillzustehen und die Zukunft lag wie ein offenes Buch vor ihnen, bereit, mit ihren gemeinsamen Abenteuern gefüllt zu werden. Er wusste, dass jedes weitere Wort von ihm überflüssig wäre. Und so tanzte er weiter mit ihr, sein Herz vor Freude erfüllt. Die Musik umhüllte seine Sinne und die Welt um ihn herum schien in einem träumerischen Schweigen zu versinken.

Die Wärme ihrer Nähe, das sanfte Licht der Küche, die vertrauten Gerüche und die Melodie, die den Raum erfüllte, schufen einen Moment der vollkommenen Harmonie. In diesem Moment wusste er, dass er alles hatte, was er sich je gewünscht hatte. Die Zukunft war ein leeres Manuskript und er würde mit ihr jede Seite gemeinsam schreiben. Die Vorstellung, es sich anderes zu wünschen, existierte für ihn nicht.

Schnell vergingen die fünf Tage, die sich tief in seiner Erinnerung eingraben würden. Der Schnee, der Tanz, die Musik und das eine Wort, das alles sagte und nichts verlangte.

Die Tage waren erfüllt von Lachen und Freude, von stillen Augenblicken und tiefen Gesprächen. Der Schnee, der unter seinen Skiern knirschte, das gedämpfte Licht der Küche, das ihr Gesicht erhellte, der Tanz und die Melodien, die sein Herz berührten – all das verschmolz zu einem unvergesslichen Erlebnis.

In diesen fünf Tagen fanden sie eine neue Tiefe ihrer Beziehung, ein Verständnis, das über Worte hinausging. Und das eine Wort, war wie ein Versprechen, das er in seinem Herzen trug, ein Zeichen einer gemeinsamen Zukunft.

Mit jedem weiteren Kilometer, der ihn näher an sein Zuhause brachte, blickte er in den Rückspiegel auf die sich immer weiter entfernenden Berge und die letzten schneebedeckten Hügel. Ein Gefühl der Wehmut überkam ihn. Die Erinnerungen an die vergangenen Tage, die Momente der Freude und des Glücks, schienen sich in der Ferne zu verlieren, wie ein Traum, der langsam verblasst.

Die Straße vor ihnen erstreckte sich endlos und die Welt um sie herum schien in einem melancholischen Schweigen zu verharren. Doch in seinem Herzen trug er die Wärme dieser Erinnerungen, die ihn wie ein unsichtbares Band mit der Vergangenheit verbanden. Er wusste, dass diese Tage für immer ein Teil von ihm sein würden, ein kostbarer Schatz, den er in den geruhsamen Momenten seines Lebens immer wieder hervorholen würde.

Während Elisa mit geschlossenen Augen sich zur Seite drehte und zu schlafen schien, verlor er sich in den Gedanken. Seine Augen gewöhnten sich an die schneefreien, flüchtigen Landschaften. Die schneebedeckten Berge, die Hügel und die weiten Felder zogen an ihm vorbei, wie Bilder in einem alten Film. In seinem Inneren jedoch blieben die Eindrücke lebendig. Die Momente der Freude, die stillen Augenblicke der Zweisamkeit und die Versprechen, die sie sich gegeben hatten, begleiteten ihn auf seiner Reise. Die Landschaften wechselten, doch die Gefühle blieben, wie ein Echo, das in seinem Herzen widerhallte.

13

In der vertrauten Umgebung angekommen, vermochte
er sein Handy nicht mehr einzuschalten. Die Gedanken
an Anna und ihre Nachrichten und Anrufe lasteten
schwer auf ihm. Er überlegte, die Nummer zu wechseln,
doch die Angst, dass dieses Handeln Anna unverzögert
und ohne Ankündigung direkt zu Elisas Tür treiben
könnte, hielt ihn zurück.

Die vertrauten Geräusche und Gerüche seines Zuhauses boten ihm wenig Trost. Er fühlte sich gefangen zwischen der Vergangenheit und der Gegenwart, zwischen
den Entscheidungen, die er treffen musste und den Konsequenzen, die sie mit sich brachten.

»Wie kann ich einen Weg finden, ohne Elisas Vertrauen zu gefährden?«, fragte er sich.

Mit Entschlossenheit griff er nach dem Gerät und
schaltete es ein. Seine Mimik war geprägt von Schrecken
und ernsthafter Besorgnis. Siebenundzwanzig Nachrichten und neun Anrufe in den letzten fünf Tagen warteten in seinem Handy. Erneut wusste er nicht, welche
Nachricht er zuerst lesen sollte. Die Worte auf dem Display schienen ihn anzustarren, als ob sie eine eigene,

bedrohliche Präsenz hätten und er spürte, wie die Anspannung in ihm wuchs.

»...bist du mit deiner Freundin verreist?«, las er in einer der ersten Nachrichten.

Die Frage war einfach, fast banal, doch sie trug das Gewicht unerfüllter Sehnsüchte in sich.

»...wann können wir uns wiedersehen?«, folgte die nächste Nachricht und er spürte, wie sich ein Knoten in seinem Magen bildete.

Die Worte schienen ihn zu ersticken.

»...ich vermisse dich so sehr«, stand in der letzten Botschaft und in diesem Moment fühlte er sich wie ein einsamer reisender in einem unbekannten Land, umgeben von Erinnerungen.

Er atmete tief ein, als ob er den Duft der Vergangenheit einfangen wollte und dann, mit einer Kompromisslosigkeit, löschte er alle Nachrichten. Es war, als würde er versuchen, die Geister der Vergangenheit zu vertreiben, sie in die Dunkelheit zu schicken, wo sie ihn nicht mehr stören konnten, als ob diese Tat, Annas Absichten vertreiben könnte.

Am nächsten Abend machte er sich auf den Weg zu Elisa, die wie ein vertrauter Traum auf ihn wartete.

Die Tür, an der sie stand, weit offen, der Türgriff in ihrer Hand, als wäre er ein Anker in einem stürmischen Meer und lies ihn erst los, als er seine Jacke ablegte und sie an sich zog. Die Umarmung war warm und lang. Während er sie umarmte, spürte er, wie sie etwas in seine linke Hosentasche steckte. Ein kleiner, geheimer Akt. Er schaute sie an, ihre Augen funkelten wie Sterne in einer klaren Nacht und ein Lächeln breitete sich in ihrem Gesicht aus.

»Was ist es?«, fragte er spielerisch.

»Es ist ein kleiner Glücksbringer für die Reise, die vor uns liegt«, sagte sie mit zarter Stimme.

Von Ungeduld und Neugier getrieben, griff er in seine Hosentasche und zog ein glänzendes Metallobjekt hervor. Es war ein Schlüssel, der Schlüssel zu ihrem Zuhause. Ein Symbol ihres tiefen Vertrauens. Er betrachtete den Schlüssel in seiner Hand, das kalte Metall reflektierte das schwache Licht, das von der Decke strahlte. In diesem Moment verstand er, dass der Schlüssel nicht nur eine physische Tür öffnete, sondern auch eine Tür zu ihren tiefsten Gefühlen.

Dieser Akt des Vertrauens verstärkte seine Angst vor dem Verlust dessen noch mehr, falls Anna eines Tages vor ihrer Tür stehen würde.

Nach der schönen Zeit in den Bergen, hatte er drei wundervolle Monate mit Elisa verbracht. Dann kam das Kirschblütenfest in der Altstadt. Spontan entschied er, sich die Kirschblüten anzuschauen und bot Elisa an, mitzukommen. Sie lehnte ab, weil sie am Abend zuvor eine Wanderung mit ihm geplant hatte. Zu diesem Zeitpunkt war ihm nicht bewusst, welche Konsequenzen seine Entscheidung für ihn haben könnte.

Er spürte tief in sich, dass es falsch war, ihren Plan zu missachten, doch er blieb stur. Eine innere Unruhe nagte an ihm, die er nicht ignorieren konnte. Trotzdem hielt er an seiner Entscheidung fest, als ob er sich selbst beweisen wollte, dass er die Kontrolle über sein Leben hatte.

Als er zurückkam, sprach sie kaum ein Wort mit ihm. Mit einem Ausdruck stiller Entschlossenheit nahm sie ihm den Schlüssel ab, den sie ihm vor ein paar Wochen gegeben hatte und bat ihn, sich in seinen Kibbuz zurückzuziehen. Zwischen ihnen lag die Schwere unausgesprochener Worte.

Er ging, ohne sich noch einmal umzudrehen, ohne Hoffnung auf Wiederkehr. Jeder Schritt fühlte sich schwer an, als ob er ihn tiefer in einen Abgrund zog, aus dem es kein Entrinnen gab. Die Leere in ihm breitete sich aus, verschlang jedes bisschen Licht, das noch in ihm existierte. Er wusste, dass es keinen Weg zurückgab, dass die Brücke hinter ihm längst abgebrannt war.

In seinem Inneren nagten die Vorwürfe, die ihm keine Ruhe ließen. Er hatte ihre Bedürfnisse übersehen, nicht aus Bosheit, sondern aus Unachtsamkeit, aus einer Blindheit, die ihm jetzt schmerzlich bewusst wurde. Jedes unausgesprochene Wort, jedes Zeichen, das er übersehen hatte, lag nun wie eine Last auf seinen Schultern.

Wenn er nur die Zeit zurückdrehen könnte, dachte er, zurück zu dem Punkt, an dem noch alles gut gewesen war. Zu einem Moment, bevor die unausweichlichen Entscheidungen getroffen, bevor die unausgesprochenen Worte zu einem undurchdringlichen Netz aus Missverständnissen geworden waren. Er hätte die Zeit angehalten, hätte innegehalten, um wirklich zuzuhören, um sie zu sehen, so wie sie wirklich war, jenseits seiner eigenen Gedanken und Sorgen.

Doch die Zeit floss unerbittlich weiter und die Gegenwart war nun ein Ort ohne Zuflucht, ein Raum, der sich mit der Kälte des Verlusts füllte. Er ging weiter, getrieben von einer unbestimmten Kraft, die ihn fortführte, ohne Ziel, ohne den Trost der Hoffnung. Nur die ständige Frage hallte in ihm wider: Was wäre, wenn? Doch die Antwort blieb unerreichbar, wie die entfernteste Galaxie, die am Rande des Universums leise funkelte, zu weit entfernt, um jemals wirklich gesehen oder verstanden zu werden.

Nach einigen Tagen, die sich wie eine Ewigkeit anfühlten, begannen sie vorsichtig, kleine Zeichen der Aufmerksamkeit auszutauschen, als ob sie den Faden, der sie einst verbunden hatte, langsam wieder aufnehmen wollten. Ein beiläufiges »Wie geht es dir?« hier, eine kurze Bemerkung dort – nichts Dramatisches, nichts Überstürztes. Doch in diesen kleinen Gesten lag eine stille Sehnsucht, ein leises Hoffen, dass vielleicht doch noch nicht alles verloren war.

Die Distanz, die sie voneinander getrennt hatte, begann sich allmählich aufzulösen, als sie sich schließlich wieder schrieben. Ihre Nachrichten waren zunächst zurückhaltend, wie zaghafte Schritte auf dünnem Eis. Aber bald wurden sie mutiger, öffneten sich einander und ließen die Worte fließen. Sie schrieben sich von ihren Bedürfnissen, die in der der Einsamkeit gewachsen waren und von den Träumen, die sie immer noch antrieben.

Es war, als ob sie einander durch diese geteilten Worte wiederentdeckten, die verlorenen Fragmente ihres gemeinsamen Lebens sammelten und Stück für Stück ein neues Bild formten. Die Dunkelheit, die zwischen ihnen gelegen hatte, begann sich zu lichten und in den

Worten, die sie austauschten, lag die Möglichkeit eines Anfangs. Es war ein vorsichtiges Tasten im Dunkeln, aber auch ein Schritt zurück in die Nähe, die sie einst miteinander geteilt hatten.

Und dann kam der Augenblick des Wiedersehens. Sie hatten vereinbart, sich zu einem Spaziergang zu treffen, ohne große Erwartungen, nur um zu sehen, wohin der Weg sie führen würde. Als sie sich gegenüberstanden, war es, als ob die Zeit für einen Moment innehielt, ein stilles Einverständnis, das sich zwischen ihnen ausbreitete.

Sie gingen nebeneinanderher, die Schritte im Gleichklang und redeten über ihre Bedürfnisse, die unausgesprochenen Wünsche und die kleinen Dinge, die sie in den letzten Tagen umgetrieben hatten. Die Worte flossen leichter, als sie es sich vorgestellt hatten, und mit jedem Satz schien die Distanz, die sich zwischen ihnen aufgebaut hatte, ein wenig mehr zu schwinden.

Als der Abend begann, den Himmel in warme Farben zu tauchen, lud sie ihn zu sich ein, um den Tag auf ihrem Balkon ausklingen zu lassen. Der Wein floss in ihre Gläser und sie saßen dort, während die Dämmerung über den Ort fiel. Die Gespräche wurden ruhiger, vertrauter und in der Stille, die sich zwischen den Worten ausbreitete, fanden sie eine neue Nähe.

Doch dann klingelte es an ihrer Tür. Der Klang störte die Ruhe, aber Mario schenkte dem keine große Beachtung. Vielleicht war es nur der Nachbar, dachte er sich, ein banales, alltägliches Anliegen. Doch die Minuten verstrichen und Elisa kehrte nicht zurück. Die Stille begann sich zu dehnen, schwer und unruhig, wie ein Schatten, der sich über den Abend legte. Mario spürte eine wachsende Unruhe in sich aufsteigen, als er schließlich aufstand und ins Haus ging, um nachzusehen, ob alles in Ordnung war.

Im Flur kam ihm Elisa entgegen. Ihr Gesicht war angespannt, die Augen suchten nach seinen und dann sagte sie die Worte, die ihm den Boden unter den Füßen wegzuziehen schienen: »Deine Freundin Anna ist hier.«

Er spürte die Kälte in ihrem Blick und wusste, dass etwas Zerbrechliches unwiederbringlich verloren gegangen war.

Er war wie erstarrt, sein Geist schien für einen Moment auszusetzen, unfähig zu begreifen, was sie gerade gesagt hatte. Die Worte hallten in seinem Kopf wider, wie ein Echo, das sich nicht auflösen wollte. Ohne ein weiteres Wort eilte er nach draußen, getrieben von einer Mischung aus Angst und Wut.

Und da stand sie. Anna, ihre Augen fixierten ihn, ein seltsames Lächeln auf ihren Lippen, als hätte sie genau diesen Augenblick geplant.

»Anna, bist du wahnsinnig?«, sagte er aus Reflex.

»Wenn du nicht sofort verschwindest, werde ich die Polizei rufen«, drohte er mit scharfer Stimme.

Sie ging und er wusste, dass nichts mehr so sein würde wie zuvor.

Er versuchte, die richtigen Worte zu finden, Worte, die all das erklären könnten. Doch als er sprach, schien jedes Wort an Elisa abzuprallen, als ob zwischen ihnen eine unsichtbare Barriere gewachsen wäre, die er nicht mehr durchdringen konnte. Ihre Augen waren leer, ihre Miene verschlossen und es war, als ob die Wärme, die sie einst verbunden hatte, sich in eine unerreichbare Ferne zurückgezogen hätte.

Er sprach von seinen Gefühlen, von den Fehlern, die er gemacht hatte, von der Hoffnung, die er immer noch in sich trug. Doch je mehr er redete, desto klarer wurde ihm, dass sie nicht mehr empfänglich war für seine Erklärungen. Es war, als hätte sich in ihrem Herzen etwas verschlossen, etwas, das er nicht mehr öffnen konnte.

Schließlich bat sie ihn, zu gehen, ihre Stimme war ruhig, aber in ihrer Entschlossenheit lag eine Endgültigkeit, die ihm den Atem raubte. Er spürte, wie die Luft um ihn schwer wurde, die Worte blieben ihm im Hals stecken. Für einen Moment zögerte er, wollte noch etwas sagen, etwas, das all das ungeschehen machen könnte. Doch die Stille zwischen ihnen war stärker, sie ließ keinen Raum mehr für eine Umkehr.

Er nickte schließlich, unfähig, ihr in die Augen zu sehen und wandte sich zur Tür. Als er ging, fühlte er, wie die letzten Fäden, die sie noch miteinander verbunden hatten, in der Luft zerschnitten wurden. Die Tür schloss sich hinter ihm, leise, aber das Geräusch hallte in ihm wider, wie das endgültige Ende eines Kapitels.

Die Zeit ohne sie war ein sinnloses Dahinleben. Seine täglichen Wege, die er nun allein ging, führten ins Nirgendwo. Die Leere, die sie hinterlassen hatte, war allgegenwärtig und drückte schwer auf sein Herz. Er spürte ihre Abwesenheit so intensiv, dass es ihn körperlich schmerzte. Jeder Schritt, den er machte, erinnerte ihn an die Momente, die sie geteilt hatten und an die Lücken, die nun in seinem Leben klafften. Die Welt um ihn herum war in einen melancholischen Schleier gehüllt und er wusste, dass nichts diese Leere füllen konnte.

Er versuchte, Elisa mit Worten der Entschuldigung zu erreichen, doch er fand keinen Zugang zu ihr. Seine Nachrichten blieben unbeantwortet und seine Anrufe verhallten im Nichts. Es war, als ob eine unsichtbare Mauer zwischen ihnen errichtet worden war, eine Barriere, die er nicht durchdringen konnte. Jede vergebliche Anstrengung verstärkte das Gefühl der Verzweiflung in ihm. Die Worte, die einst so leicht zwischen ihnen geflossen waren, schienen nun bedeutungslos und leer. Er fühlte sich wie auf einem Schiff, das im endlosen Ozean trieb, ohne Kompass und ohne Hoffnung auf Rettung.

Wochenlang hatte er nichts mehr von ihr gelesen oder gehört. Doch dann, eines Abends, erhielt er eine Nachricht von ihr. Die Worte auf dem Bildschirm waren scharf und klar: »Ich fühle mich sehr verletzt. Du hast mein Vertrauen missbraucht. Du hast mich belogen und betrogen. Ich wünsche dir alles Gute auf deinem weiteren Weg.«

Diese vier Sätze trafen ihn wie ein Schlag und die Schwere ihrer Worte hallte in ihm nach. Die Realität ihrer Enttäuschung und ihres Schmerzes war unübersehbar und er wusste, dass keine Entschuldigung die Wunden heilen konnte, die er verursacht hatte. Er fühlte ihren Schmerz und die Trauer und wusste nicht, wie er diesen Riss in ihrem Vertrauen wiederherstellen konnte.

Jeden Tag versuchte er, seine Gefühle in Worte zu fas-

sen und sie in digitalen Nachrichten an sie weiterzu-
reichen. Es war ein verzweifelter Versuch, die Brücke
zwischen ihnen wieder aufzubauen, die durch Vertrau-
ensbruch und verletzte Gefühle zerstört worden war.
Seine Nachrichten waren wie Flaschenpost, die er in einen endlosen Ozean warf, in der Hoffnung, dass sie eines Tages an ihrem Ufer ankommen würden.

Er wählte seine Worte sorgfältig, versuchte, die Tiefe
seiner Reue und die Sehnsucht nach Vergebung auszudrücken. Doch jedes Mal, wenn er auf »Senden« drückte,
fühlte er die Unsicherheit, ob seine Botschaften jemals ihr
Herz erreichen würden. Die digitale Welt, die einst so
verbindend gewirkt hatte, erschien ihm nun kalt und distanziert, ein Labyrinth aus Einsen und Nullen, in dem
seine Gefühle verloren gingen.

Anna meldete sich wieder mit zahlreichen Nachrichten und flehte ihn an, sich für sie Zeit zu nehmen. Er rief
sie an und sagte ihr: »Ich habe nichts mehr zu verlieren
und ich möchte dich nie wieder sehen. Hast du mich verstanden?«

Er hatte seine eigene Integrität und Werte verletzt
und die Wucht dieses Selbstverrats warf ihn völlig aus
der Bahn.

Jeden Sonntag fuhr er an den See, an den Ort, wo er
hoffte, Elisa wiederzusehen. Er nahm das kleine Holz-
boot und ruderte zu der ruhigen Stelle, wo die Schildkröten sich sonnten und die auf ihn zu warten schienen.
Dort, in der Stille des Wassers, erzählte er ihnen von seinen Erinnerungen, seiner Trauer, seiner Hoffnung, der
Liebe, die er für Elisa empfand. Während er sprach,

lauschte er aufmerksam, immer wieder um sich blickend, wenn er glaubte, ihre Stimme zu hören. Er konnte das Echo ihres Lachens hören, das ihm in den Ohren klang, als wäre sie direkt neben ihm. Die Erinnerungen, die hier verwurzelt waren, drängten sich in seine Gedanken, lebendig und greifbar, als ob er sie mit ausgestreckter Hand berühren könnte. Doch wenn er die Augen öffnete, war da nur der stille See und die unerträgliche Leere, die sie hinterlassen hatte.

Und doch kam er jeden Sonntag wieder, suchte nach einem Zeichen, einem flüchtigen Blick oder einer flüchtigen Berührung, die ihm sagen könnte, dass sie noch irgendwo da war, verborgen im Flüstern des Windes oder in den Schatten der Bäume. Es war ein Ritual, das ihn festhielt, ein stiller Dialog mit der Erinnerung, der ihn dazu brachte, immer wieder an diesen Ort zurückzukehren, wo er für einen kurzen Moment das Gefühl hatte, ihr wieder nahe zu sein.

Die Schildkröten, stumme Zeugen seiner Geschichten, schienen seine Worte in sich aufzunehmen, als ob sie die Last seiner Gefühle mit ihm teilen könnten. Der stille See, spiegelte seine Sehnsucht wider und in diesen Momenten fühlte er sich ihr näher, als es die Realität zuließ.

Er verabschiedete sich von ihnen und versprach, am nächsten Sonntag wiederzukommen, um neue Geschichten zu erzählen. Dann griff er nach den Rudern und ruderte zurück zum Ufer. Auf dem Weg dorthin blieb sein Blick an einem Punkt im Wald, unweit vom Ufer, hängen. Neugierig ruderte er zu der Stelle, stieg aus und begab sich auf den Weg durch den Wald.

Schon nach wenigen Schritten entdeckte er ein Haus, das unbewohnt zu sein schien. Es stand da, still und geheimnisvoll, als ob es Geschichten aus einer anderen Zeit in sich barg. Die Bäume um das Haus herum schienen zu flüstern und der Wind trug leise Melodien mit sich, die ihn an längst vergangene Tage erinnerten. Er fühlte sich magisch von dem Haus angezogen, als ob es ihn rief und er wusste, dass er diesem Ruf folgen musste, um die Geheimnisse zu entdecken, die es verbarg.

Durch die unabgeschlossene Tür aus Holz trat er ein und begann, das Innere des Hauses zu erkunden. Seine Hände glitten über die hölzernen Wände und er nahm den Duft des Kiefernholzes tief in sich auf. Eine Treppe führte nach oben, der er Schritt für Schritt in die obere Etage folgte. Das Haus war in einem überraschend guten Zustand, als ob es nur darauf wartete, wiederbelebt zu werden. Während er durch die Räume wanderte, fragte er sich, wem dieses Haus wohl gehörte und welche Geschichten es in seinen Wänden verbarg. Der Gedanke, sich danach zu erkundigen, nahm langsam Gestalt an, während er weiter durch das geheimnisvolle Haus schritt.

Einige Tage später fand er heraus, dass das Haus der Person gehörte, von der er das kleine Ruderboot ausgeliehen hatte. Neugierig fragte er, ob das Haus zu vermieten oder zu verkaufen sei. Der Mann antwortete: »Da Sie die erste Person sind, die sich für das Haus interessiert, werde ich es an Sie verkaufen, wenn Sie möchten.«

Mario konnte sein Glück kaum fassen. Die Möglichkeit, dieses geheimnisvolle Haus zu besitzen, erfüllte ihn mit einer unerwarteten Freude. Es war, als ob das Schicksal ihm eine neue Tür geöffnet hätte, eine Tür zu einem Kapitel seines Lebens, das er noch nicht kannte. Die Vorstellung, in diesem Haus zu leben, die Geschichten der Vergangenheit zu entdecken und neue Erinnerungen zu schaffen, ließ sein Herz schneller schlagen. Er wusste, dass dies ein Wendepunkt war, ein Moment, der alles verändern könnte.

Am nächsten Sonntag stieg in das alte Boot, seine Hände vertraut mit den abgenutzten Rudern, als ob er alte Freunde begrüßte. Langsam glitt er über das ruhige Wasser, bis er die Stelle erreichte, an der die Schildkröten sich sonnten, ein ruhiger Zufluchtsort. Während er im Ruderboot saß, glitt er langsam über das Wasser und spürte eine tiefe Verbundenheit zu diesen schweigsamen Zuhörern. An der vertrauten Stelle angekommen, ließ er das Boot treiben und begann zu sprechen. Er erzählte ihnen von dem Haus, das nun ihm gehörte und von den Möglichkeiten, die sich vor ihm auftaten. Die Schildkröten, ruhig und aufmerksam, schienen seine Freude und Aufregung zu teilen.

»Sie hätte gelacht, wenn sie das sehen könnte«, flüsterte er, während er über die Wasseroberfläche strich.

In diesem Moment fühlte er sich, als ob das Universum ihm ein Zeichen gegeben hätte, ein neues Kapitel in seinem Leben zu beginnen. Der friedliche See und die Anwesenheit der Schildkröten gaben ihm das Gefühl, dass alles möglich war. In dieser Stille schien ihr Lachen zwischen den Blättern zu tanzen, ihre Stimme im Wind zu flüstern.

14

Sophie klappte das Manuskript endgültig zu, strich mit der Hand über das braune Leder und steckte es behutsam in ihren Rucksack. Ihr Gesicht nahm einen nachdenklichen Ausdruck an. Sie überlegte, in den Ort zu fahren, wo alles begann, wo ihre Träume ihren Ursprung hatten und wo ihr Zuhause war.

Die Erinnerungen an diesen Ort waren wie ein Flüstern in ihrem Geist, ein Ruf, dem sie nicht widerstehen konnte. Die Entscheidung, dorthin zurückzukehren, fühlte sich an wie das Schließen eines Kreises, ein Schritt zurück zu den Wurzeln ihrer Seele.

Voller Entschlossenheit packte sie ihre Sachen und nahm den nächsten Zug, der sie an den Ort ihrer Kindheit bringen sollte. Während die Bahn durch die Landschaft fuhr, sah sie aus dem Fenster und ließ die vertrauten Bilder an sich vorbeiziehen. Jeder Kilometer, den sie zurücklegte, fühlte sich an wie eine Reise in die Vergangenheit, zu den Wurzeln ihrer Träume und Erinnerungen. Die Geräusche des Zuges und das gleichmäßige Schaukeln beruhigten sie und sie spürte, wie eine Vorfreude in ihr aufstieg. Der Ort, der sie einst geprägt hatte, rief sie zurück und sie wusste, dass sie diesem Ruf folgen musste. Nach der einstündigen Fahrt buchte sie ein Zimmer in einem kleinen Hotel und machte sich sofort auf den Weg, um die Ecken zu erkunden, die sie an ihre Kindheit erinnerten. Die vertrauten Straßen und Gebäude weckten eine Flut von Erinnerungen in ihr, als ob die Vergangenheit plötzlich lebendig geworden wäre. Sie wanderte durch die Gassen, berührte die alten Mauern und ließ die Eindrücke auf sich wirken. Jeder Schritt fühlte sich an wie eine Reise zurück in die Zeit, zu den Wurzeln ihrer Träume und Sehnsüchte. Die Stadt, die sie einst verlassen hatte, empfing sie mit offenen Armen und sie spürte, dass sie hier etwas Wichtiges wiederfinden würde.

In einer schmalen Gasse blieb sie einem längst verlassenen Lokal stehen. Das Metallschild über dem Schaufenster war verrostet und sie konnte nur erahnen, welche Buchstaben einst darauf zu lesen waren.

»Lin...t...u...«, versuchte sie laut zu entziffern.

Vor dem Schaufenster hing eine schiefhängende, von der Zeit gezeichnete Jalousie. Sie spähte zwischen den Lamellen hindurch und sah nur ein kleines rotes Sofa, das mit einer Folie überdeckt war. Der Anblick weckte in ihr eine seltsame Melancholie, als ob das Sofa Geschichten aus einer anderen Zeit erzählte, Geschichten, die darauf warteten, wiederentdeckt zu werden.

Die Stille der Gasse und das verlassene Lokal schienen in diesem Moment eine besondere Bedeutung zu haben, als ob sie auf etwas Wichtiges hinwiesen, das sie noch nicht ganz erfassen konnte.

Sie betrachtete das Haus von außen und sah, dass auch die Wohnung über dem Lokal verlassen zu sein schien. Ein alter Mann, der um die Ecke kam, begrüßte sie freundlich.

»Kann ich Ihnen helfen?«, fragte er.

»Ja, wissen Sie, ob die Wohnung in der oberen Etage zu vermieten ist?«, antwortete sie.

»Die Wohnung steht schon länger leer. Es wird langsam Zeit, dass sich jemand um sie kümmert«, sagte er.

»Ich würde mir die Wohnung gerne anschauen. Kennen Sie zufällig den Vermieter?«, fragte sie, in freudiger Erwartung.

»Sie sprechen gerade mit ihm«, antwortete er.

Der Hauswirt vereinbarte mit ihr einen Besichtigungstermin. Die Wohnung gefiel ihr und sie entschied sich, sie zu mieten. Neugierig fragte sie, ob er wüsste, wem das verlassene Lokal unter der Wohnung gehörte. In einem humorvollen Ton antwortete er: »Der Besitzer dieses Lokals steht vor Ihnen.«

Sie stellte sich vor, wie sie ein Café unter ihrer Wohnung eröffnet. Das kleine rote Sofa ging ihr nicht mehr aus dem Kopf. In ihren Gedanken sah sie das Lokal mit warmem Licht erfüllt, der Duft von frisch gebrühtem Kaffee lag in der Luft und das rote Sofa war der Mittelpunkt des Raumes, ein Ort der Ruhe und des Gesprächs.

Die Vorstellung, diesen verlassenen Ort wieder zum Leben zu erwecken, erfüllte sie mit einer tiefen Zufriedenheit. Es war, als ob das rote Sofa sie rief, ihr zuflüsterte, dass hier ein neuer Anfang auf sie wartete. Die Vision eines eigenen Cafés, eines Zufluchtsortes für Träumer und Suchende, nahm immer klarere Formen an und sie wusste, dass sie diesem Traum folgen musste.

Am nächsten Tag betrat sie zusammen mit dem Hausherrn das Lokal. Die Holzdielen, die den Boden zierten und die hohen Decken, die sich über ihnen erstreckten, ließen in ihr ein Gefühl unendlicher Möglichkeiten aufkeimen. Sie hatte klare Vorstellungen davon, wie sie ihr Café gestalten wollte.

Gedankenverloren überlegte sie, welchen Namen sie dem Café geben könnte, um ihm eine besondere Bedeutung zu verleihen.

Draußen bemerkte sie, dass die Gasse von Lindenbäumen gesäumt war. Ihr Blick wanderte zu dem verrosteten Schild mit dem unlesbaren Namen und erneut zu den Lindenbäumen.

»Lindentraum«, murmelte sie leise. Der Name schien perfekt zu passen, als ob er schon immer darauf gewartet hatte, von ihr entdeckt zu werden. In diesem Moment wusste sie, dass sie hier etwas Einzigartiges schaffen würde, einen Ort, an dem Träume und Erinnerungen miteinander verwoben waren.

»Ich möchte beides mieten, die Wohnung und diese Räumlichkeiten hier«, sagte sie, während sie das rote Sofa enthüllte und ihre Hand sanft über den samtigen Stoff gleiten ließ. Es fühlte sich weich und luxuriös an, mit einem kuscheligen Stoff, der sanft unter den Fingern nachgab. Es vermittelte ein Gefühl von Wärme und Behaglichkeit, als ob es Geschichten aus vergangenen Zeiten in sich trug. Sie konnte sich leicht vorstellen, darauf zu sitzen und in einem Buch zu versinken oder einfach die Ruhe des Augenblicks zu genießen.

»Wunderbar! Dann bereite ich die Verträge vor und von mir aus, können Sie sofort einziehen«, sagte er mit einem Lächeln.

Bald begann sie, die Wohnung mit Bedacht einzurichten, jedes Möbelstück sorgfältig auszuwählen. Gleichzeitig machte sie sich daran, das Café zu restaurieren, wobei sie jeden Winkel mit einer Mischung aus Nostalgie und Hoffnung erfüllte.

Die Restaurationsarbeiten verliefen wie in einem sorgfältig orchestrierten Tanz. Jeder Handgriff, jede Entscheidung fügte sich nahtlos in das Gesamtbild ein. Sie plante, das Café in einer Woche zu eröffnen und konnte bereits die ersten Gäste vor ihrem inneren Auge sehen, wie sie den Raum mit Leben erfüllten.

In der Nacht vor der Eröffnung fand sie kaum Schlaf. Die Aufregung hielt sie wach, während ihre Gedanken unaufhörlich um die bevorstehende Eröffnung kreisten. In der stillen Dunkelheit der Nacht fragte sie sich, ob ihre Entscheidung, das Café zu eröffnen, die richtige war. Zweifel und Hoffnung tanzten in ihrem Geist, während sie die möglichen Wege und Wendungen ihrer Zukunft durchspielte.

Am Tag der Eröffnung stand sie früh auf, um das Café aufzuschließen und die letzten Vorbereitungen zu treffen. Das Manuskript, das sie als Glücksbringer betrachtete, nahm sie behutsam mit und stellte es ins Regal neben den Kaffeetassen. Es war, als ob die Worte darin ihr Mut zusprachen und sie daran erinnerten, dass jeder Anfang eine Geschichte in sich trägt. Es war kurz vor neun und ihre Aufregung kannte keine Grenzen mehr. Mit zitternden Händen nahm sie den Schlüssel und öffnete die Tür, ließ die frische Morgenluft hereinströmen. Ein Gast nach dem anderen betrat das Café und mit jedem Schritt, den sie hörte, fühlte sie, wie ihre Träume und Hoffnungen Gestalt annahmen.

Hinter der Theke stehend, beobachtete sie die Gäste, wie sie ihren Kaffee tranken und Kuchen genossen. Zufriedene Gesichter spiegelten sich in den Tassen und Tellern wider, und sie fühlte eine tiefe Freude in sich aufsteigen. Jeder Moment, den sie an diesem erlebte, war ein Teil einer größeren, unsichtbaren Geschichte, die sich vor ihren Augen entfaltete. Ein paar Tage nach der Eröffnung, betrat eine Frau das Café. Ihre silbe-

rnen Haare waren zu einem eleganten Knoten hochgesteckt und feine Linien umrahmten ihre lebhaften, braunen Augen. Sie trug eine schlichte, aber stilvolle Bluse, die ihre schlanke Figur betonte, und bewegte sich mit einer Anmut, die von Jahren der Erfahrung zeugte. Ihre Hände, leicht von der Zeit gezeichnet, hielten eine kleine, abgenutzte Handtasche, die sie fest an sich drückte, als ob sie darin kostbare Erinnerungen bewahrte.

Langsamen Schrittes betrat sie das Café und blieb für einen Moment stehen, um sich umzusehen. Ihre Augen wanderten über die Details des Raumes, die hölzernen Tische, die weichen Schatten, die die alten Lampen auf das abgenutzte Parkett warfen und die leisen Gespräche, die wie eine ferne Melodie in der Luft schwebten. Es war, als ob sie all das schon einmal gesehen hätte, als ob diese Szenen tief in ihrer Erinnerung verankert wären, trotz der Zeit, die vergangen war. Jeder Gegenstand, jede Nuance schien ihr vertraut, wie ein Echo aus einer anderen Zeit, das nun langsam in ihr Bewusstsein zurückkehrte. Es war, als würde sie nach etwas suchen, etwas, das sie hier einst verloren hatte und das sich vielleicht in den kleinen, unscheinbaren Dingen verbarg. Mit einer sanften Bewegung strich sie über das rote Sofa, als ob sie die Erinnerungen darin spüren könnte. In Gedanken versunken, kehrte sie zur Theke zurück und bestellte einen Kaffee. Ihr Blick blieb im Regal zwischen den Kaffeetassen hängen. Sie sah Sophie an, deutete mit einem kurzen Nicken auf die braune Lederhülle und fragte: »Wo haben Sie das her?«

Sophie sah sie fragend an, ihre Augen suchten nach einer Antwort. Langsam ging sie zum Regal und nahm die kastanienbraune Lederhülle heraus.

»Meinen Sie das hier?«, fragte sie, während sie das weiche Material in ihren Händen hielt.

»Ja, dürfte ich es mal halten?«, fragte die Frau.

»Ja, bitte«, antwortete Sophie, während sie die Frau aufmerksam und neugierig betrachtete.

Die Frau drehte die braune Lederhülle vorsichtig in ihren Händen, betrachtete sie von allen Seiten. Ihre Finger glitten sanft über die gestickte Blume, die das Leder zierte, als ob sie die Geschichte, die darin verborgen lag, ertasten könnte.

»Haben Sie das Manuskript, das in dieser Hülle steckt, gelesen?«, fragte die Frau mit einem geheimnisvollen Lächeln, ihre Augen funkelten vor Neugier.

»Wer sind Sie?«, fragte Sophie voller Neugier, ihre Augen suchten nach einer Antwort.

»Mein Name ist Elisa«, sagte die Frau, ihre Stimme ruhig und geheimnisvoll.

Der Autor

Marijo Sertic, 1974 in Zagreb geboren, entdeckte früh seine Leidenschaft für das geschriebene Wort. Nach anfänglichen poetischen Versuchen führte ihn sein Weg über ein Studium der Chemie und Physiotherapie von Zagreb über Utrecht nach Bonn, wo er heute lebt und arbeitet. Bücher sind seine ständigen Begleiter, und in Gesprächen begeistert er mit humorvollen Anekdoten. Sein Herz schlägt für seinen Roman, der für ihn weniger ein Ziel als ein Ausdruck seiner Gedankenwelt ist – ein Lebenswerk, in dem er Erfüllung findet.

Marijo Sertic

Das unsichtbare Kind

Roman

244 Seiten, ISBN: 978-3-7597-675-47

Emma hat alles – ein großes Haus, erfolgreiche Eltern, scheinbar ein perfektes Leben. Doch was fehlt, ist das, was wirklich zählt: Liebe, Aufmerksamkeit, gesehen werden. Zwischen den stummen Wänden ihres Zuhauses und den unausgesprochenen Spannungen wächst ihre Sehnsucht nach Zugehörigkeit. Als ein Familiengeheimnis ans Licht kommt, stehen nicht nur Emmas Eltern vor einer Entscheidung – sondern auch sie selbst. Während die Familie zu zerbrechen droht, erkennt Emma, dass sie selbst den Schlüssel zur Veränderung in den Händen hält. »*Das unsichtbare Kind*« erzählt von Einsamkeit, Liebe und der Suche nach Zugehörigkeit in einer Welt, die oft keine Zeit für das Wesentliche hat.

Weitere Informationen finden Sie auf

www.marijo-sertic.com